詭屋

変な家

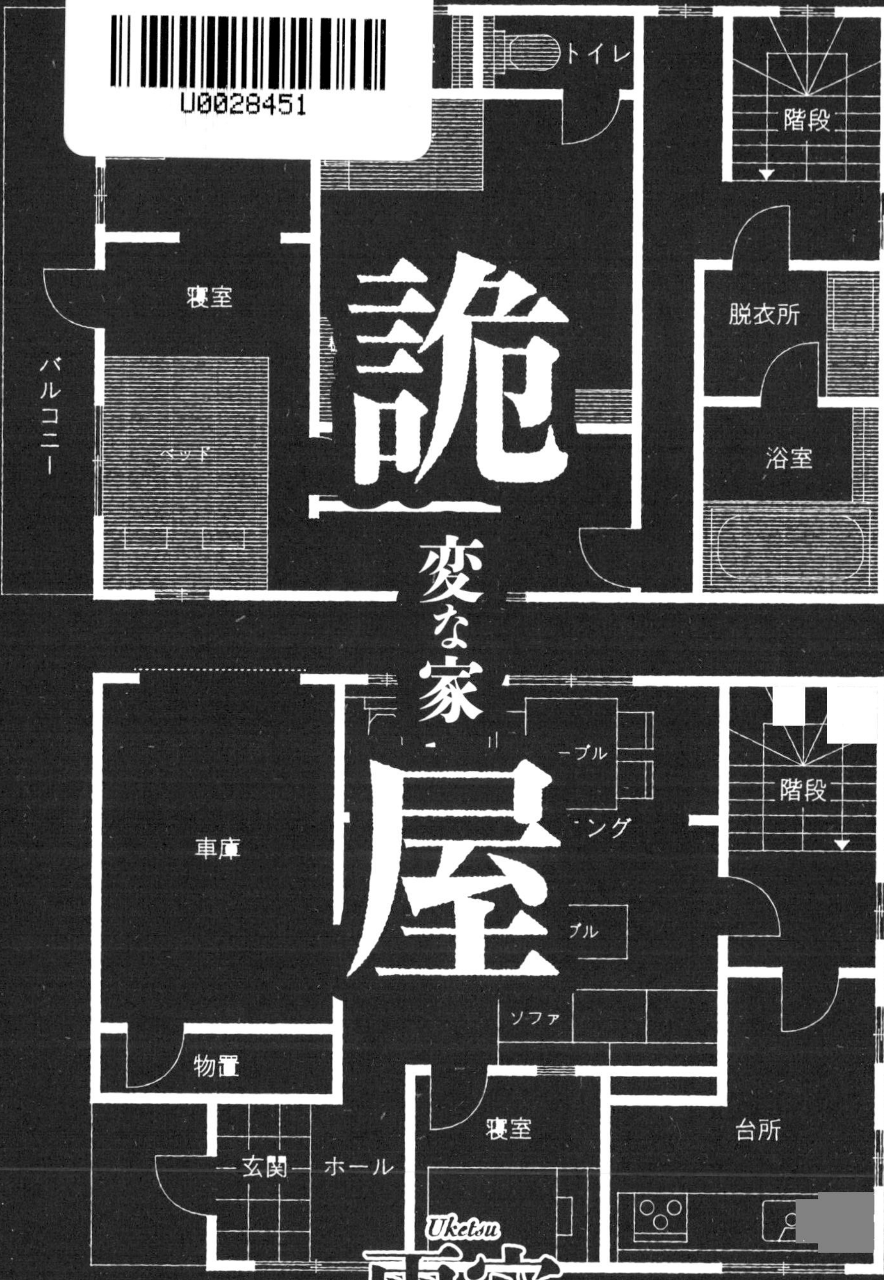

Uketsu
雨穴

這是這棟住宅的平面圖。

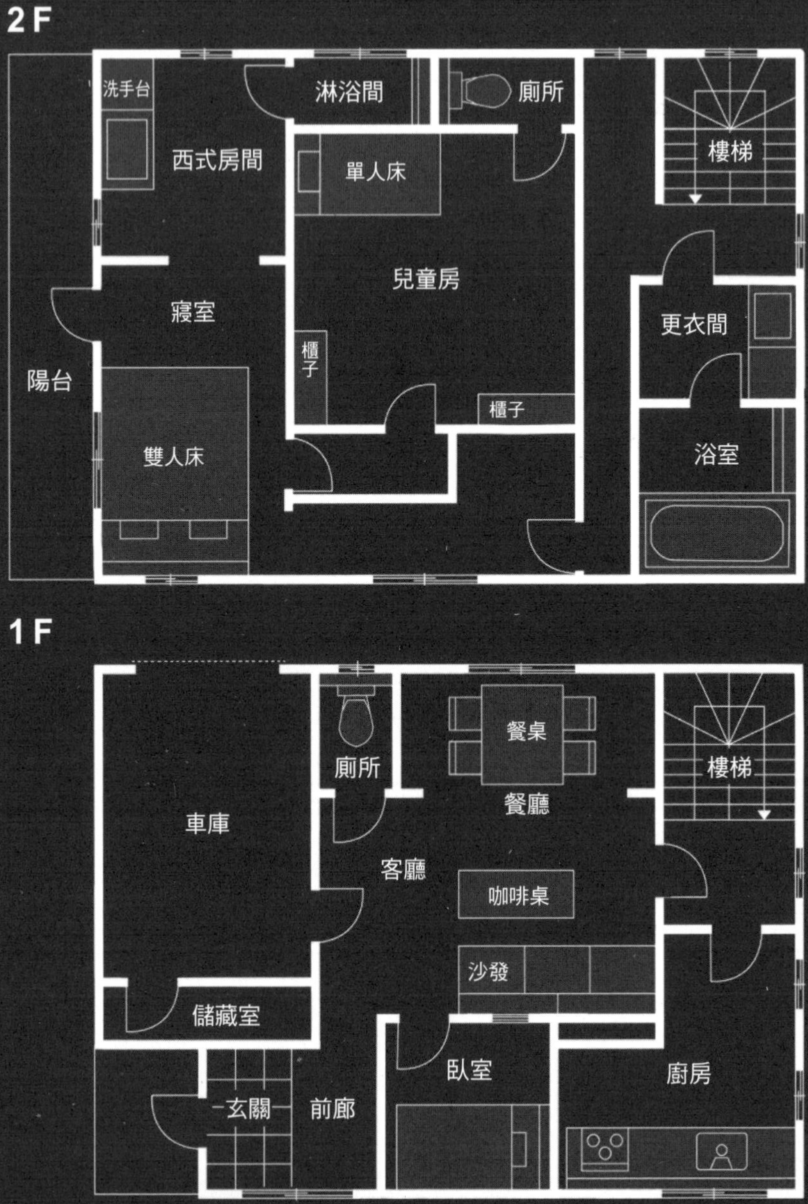

2F
洗手台
西式房間
淋浴間
廁所
樓梯
單人床
兒童房
寢室
更衣間
櫃子
櫃子
陽台
浴室
雙人床
1F
餐桌
廁所
樓梯
餐廳
車庫
客廳
咖啡桌
沙發
儲藏室
臥室
廚房
玄關
前廊

你看得出來這棟住宅有什麼奇怪的地方嗎？

乍看之下，可能只是一間隨處可見的普通民房。然而要是仔細地看過每一個角落，就會發現家裡有很多奇特的不對勁之處。這些不對勁的地方加在一起，最後導向了一個「事實」。

而那是非常嚇人，令人絕對不願意相信的事實。

目錄

第一章　詭異的住家

友人前來請教

我現在是個超自然事件的自由寫作者。由於職業的關係，常常有機會聽到許多怪談和神奇的體驗經歷。

其中很常聽到的就是關於「住家」的故事。

「分明二樓沒有人，卻傳來腳步聲。」「一個人在客廳裡，感到有視線在看自己。」「衣櫃裡面傳來說話的聲音。」——也就是所謂**有隱情的物件**。這類故事多得不可勝數。

然而，那時候我聽到的關於「住宅」的故事，跟那些又有點不同。

＊＊＊

二〇一九年，九月。我朋友柳岡先生跟我聯絡，說：「有事情想請教。」柳岡先生是媒體編輯公司的從業員。幾年前我們因為工作認識之後，偶爾會見面一起吃個飯。

柳岡先生不久之前有了第一個孩子。於是他下定決心，要買人生中第一間獨立的住宅。他每天晚上看不動產情報看到深夜，最後終於在東京找到了理想的房子。
安靜的住宅區裡的兩層樓建築。離車站很近，但周圍綠意盎然，雖然是中古屋，但屋齡甚淺。他去看過房子，屋內寬敞裝潢明朗，他夫婦倆都很喜歡。
只不過，室內配置有難以理解的疑點。

1F

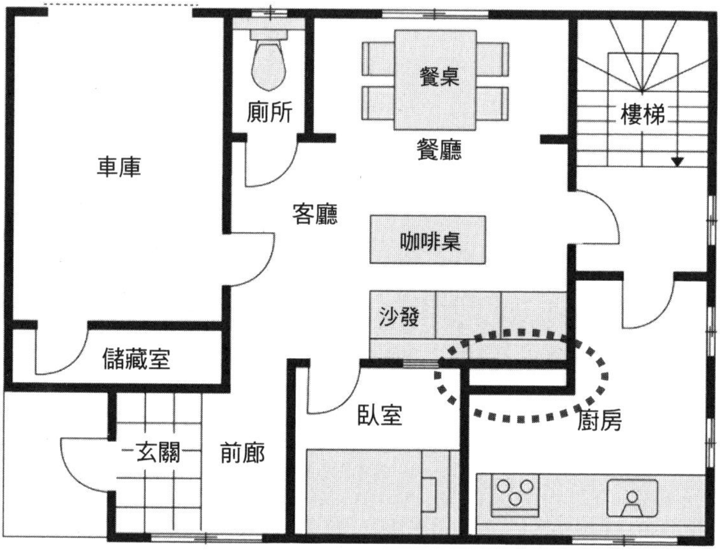

一樓，廚房和客廳中間，有一處**謎之空間**。

因為沒有門，所以無法進入。問了仲介，也說不知道怎麼回事。居住起來並沒有不方便的地方，但不知怎地覺得不太舒服，所以不知道該不該買這棟房子。

「你對超自然現象比較熟悉」，他好像因為這個理由，所以決定來找我商量。確實，「謎之空間」這種詞句，非常有超自然的味道，引起了我的興趣。但是，我對建築真的一竅不通。平面圖也看不出所以然來。

於是，我就尋求了外援幫助。

栗原先生

我認識一位叫做栗原的朋友。他在大建築事務所上班，是一位設計師。而且他還喜歡恐怖小說和推理小說，所以我覺得這件事跟他請教，再適合不過了。

我跟他講了事情經過，他似乎很有興趣，我立刻傳送了平面圖的資料，然後打電話給他。

以下就是我跟栗原先生的對話紀錄。

筆者　栗原先生，好久不見。謝謝你百忙之中願意幫忙。

栗原　不要客氣。對了，你傳過來的平面圖……

筆者　是的，一樓有一處沒有門的空間。你知道那是什麼嗎？

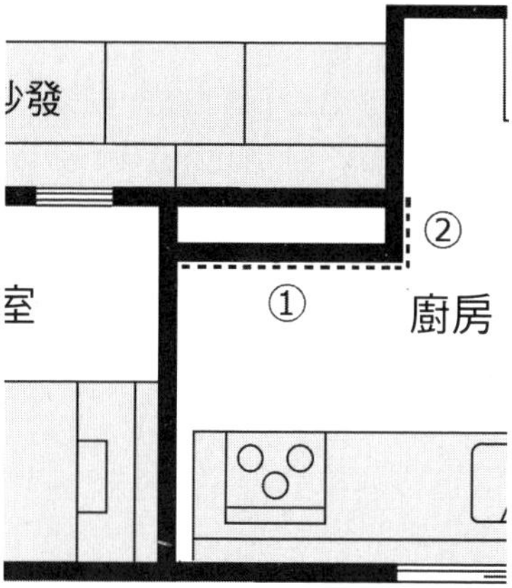

栗原　唔——，我只能說，這是**刻意建造**的空間。

筆者　刻意建造的嗎？

栗原　是的。看圖應該就可以知道了。這個空間是由本來沒有必要的兩道牆圍起來的。廚房的兩道牆。要是沒有這兩道牆，就不會產生「謎之空間」，廚房也會更寬敞。故意做出讓廚房變狹窄的牆壁，意思就是**這個空間是有必要的**。

筆者　原來如此。那是有什麼必要呢？

栗原　或許原來可能是把這裡設計成收納空間之類的吧？

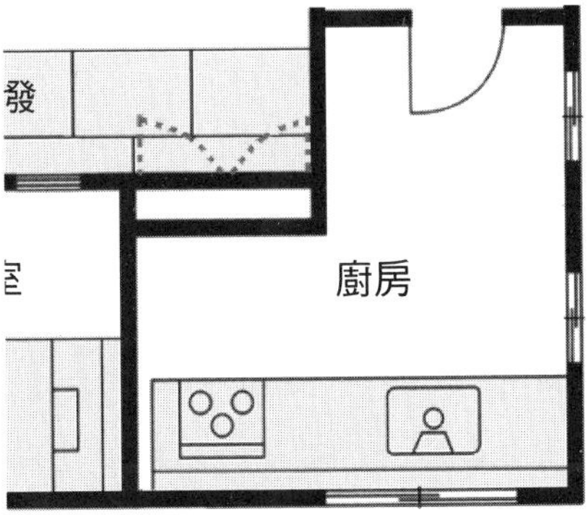

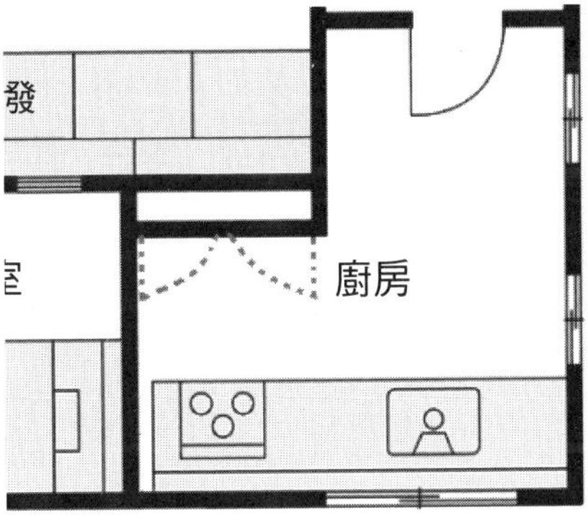

比方說，在客廳那一側裝上門的話，就可以當櫥櫃使用。在廚房這一側裝門，就可以放餐具。然而可能是中途改變主意了，要不就是費用不夠了，所以就放棄裝上門了吧。

筆者　這樣啊。就是當時工事已經進行了，沒有辦法改變格局，所以只留下那個空間嗎？

栗原　這樣想比較自然吧。

筆者　那就跟超自然沒有什麼關係了。

栗原　是啊。只不過……

——栗原先生的聲音突然低沉下來。

栗原　順便問一下，這間房子是誰蓋的呢？

筆者　之前的居民。好像是一對夫妻跟一個小孩的三人家庭。

栗原　小孩。那是幾歲呢？

筆者　這就不太清楚……幾歲有什麼關係嗎？

栗原　其實，一開始看見平面圖的時候，我就覺得這棟房子很奇怪。

筆者　是嗎？除了謎之空間之外，我沒有什麼其他的感覺。

栗原　奇怪的是二樓的平面圖。請看一下兒童房。有什麼發現嗎？

筆者　唔，……咦？

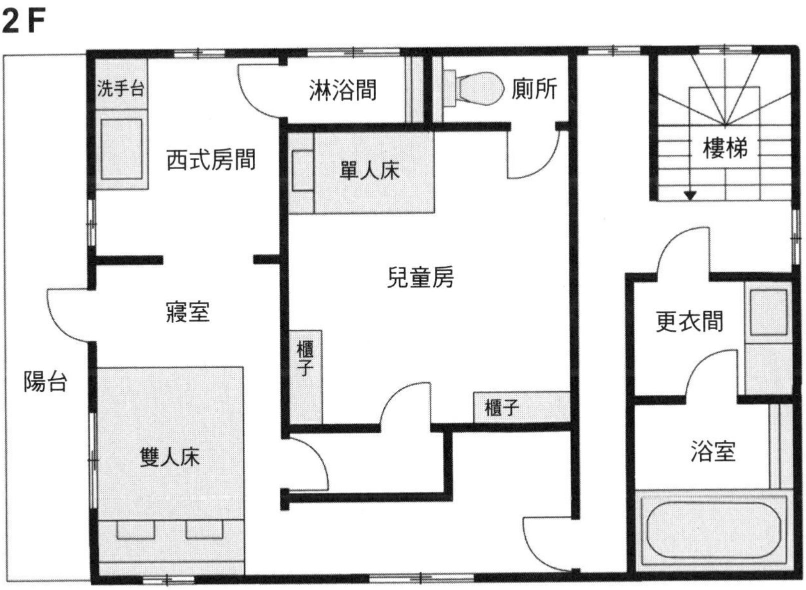

2 F

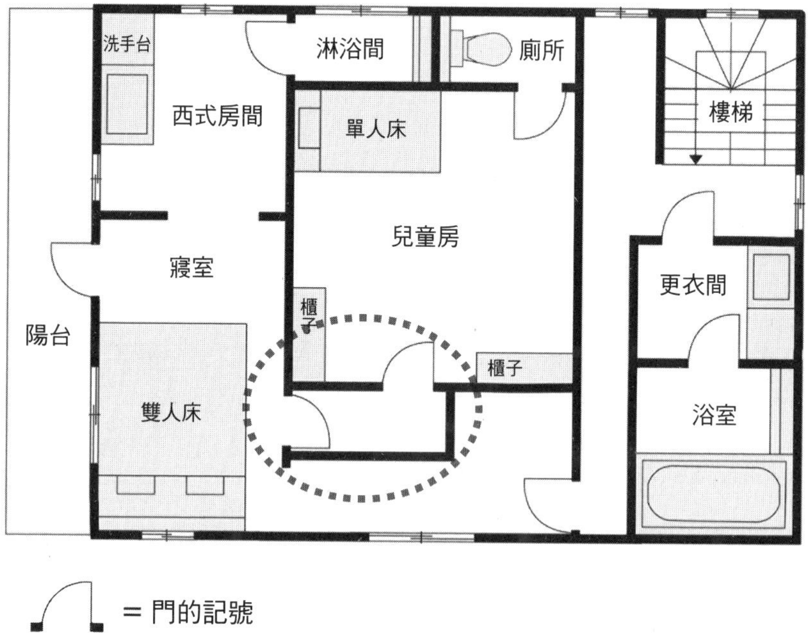

筆者　有兩扇門。雙重門？

栗原　沒錯。而且門的位置很奇怪。比方說，從樓梯走上二樓，要進入兒童房，要繞好大一段路才到不是嗎？為什麼做這麼麻煩的設計呢？

筆者　確實很奇怪。

栗原　而且這個房間，**連一扇窗戶都沒有**。

——仔細一看果然，兒童房並沒有窗戶的記號（）。

栗原　大部分做父母的，都希望兒童房盡量陽光充足不是嗎……沒有窗戶的兒童房，我還真的一家都沒有見過呢。

筆者　可能是有什麼內情吧。比方說皮膚病啦，不能曬太陽之類的。

栗原　這樣的話，只要拉上窗簾就可以了。從頭到尾都沒有一扇窗戶的設計，感覺非常奇怪。

筆者　原來如此。

栗原　而且這間房間，還有另外一個難以理解的地方。請看一下廁所。從門的位置看來，只能從兒童房進去。

筆者　真的耶。那麼就是**兒童房間專用的廁所**嘍。

栗原　應該是。

筆者　沒有窗戶。雙重門，有廁所的房間……。怎麼好像單人牢房啊。

栗原　要說是「過度保護」的話，這也太過了。感覺就像是要徹底控制小孩一樣。說不定小孩是被監禁在這間房裡。

筆者　……虐待嗎……

栗原　有這種可能。要是進一步解讀的話，也可以說是**雙親不想讓任何人看見小孩**。請看一下二樓整體的平面圖。怎麼說呢，好像

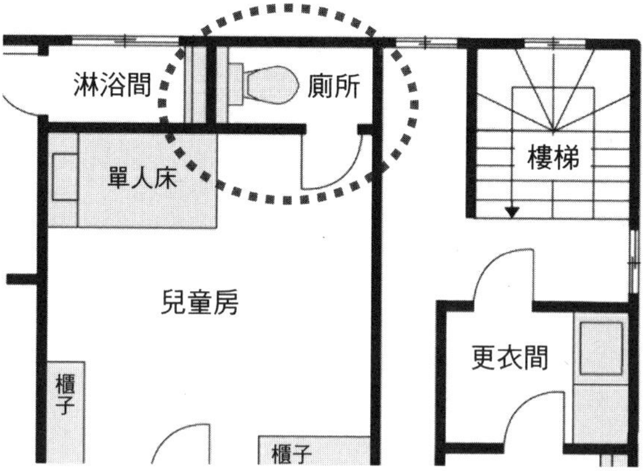

所有其他房間的配置，都是為了隱藏兒童房一樣的設計，不是嗎？本來兒童房就沒有窗戶，從外面根本看不到小孩的身影。雙親把小孩關在房間裡，隱藏他的存在。

我有這種感覺。

筆者 但是，為什麼要這樣呢？

栗原 我不知道。只不過看到平面圖，覺得這家人一定有著不可告人的內情。

兩間浴室

栗原　對了，兒童房的旁邊，有一間寢室呢。

筆者　有雙人床的那個房間吧。是夫婦的房間嗎？

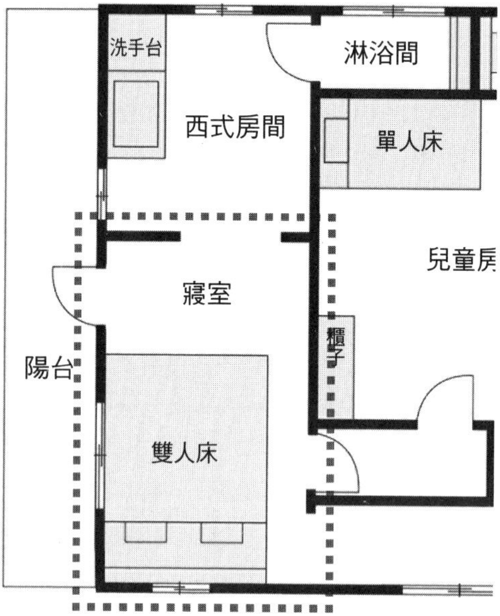

栗原　應該是吧。這間房間跟兒童房不一樣，是開放的。窗戶也很多。

——我想起柳岡先生說「屋內寬敞裝潢明朗」。

栗原　其實這間房間，也有讓人在意的地方。平面圖上方是淋浴間，這樣的話，外面的西式房間可能就充當更衣室了，這樣的話，從寢室可以一覽無遺呢。

筆者　這麼說來這兩個相通的房間並沒有門。

栗原　即便是夫妻，也不希望洗澡的樣子被看見吧。那一定是「感情很好」的夫妻了。「感情很好」的夫妻和「被監禁的小孩」這種矛盾讓人很不舒服……也罷，可能是我想多了吧。

筆者　原來如此。咦？

栗原　怎麼啦？

2F

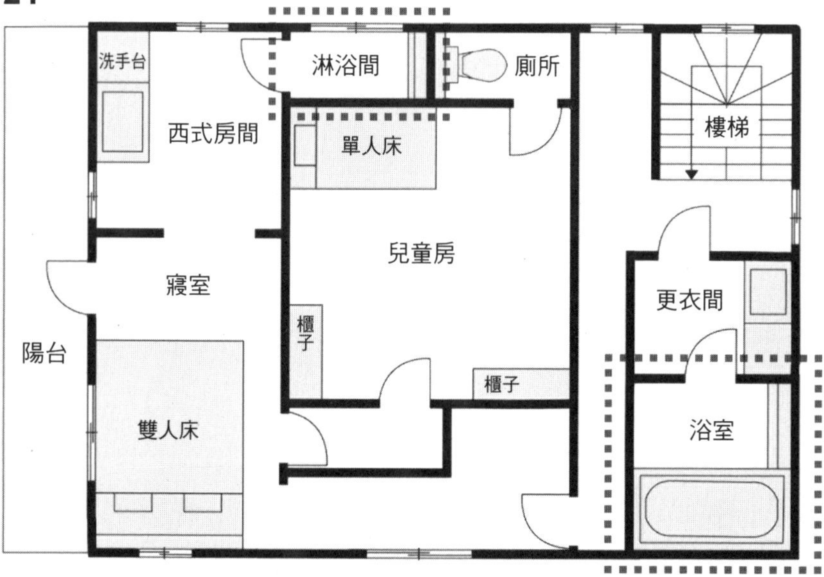

筆者 淋浴間跟浴室是分開的呢。這不是很稀奇嗎？

栗原 也不是沒有這種設計，只是不常見而已。這麼說來，這間浴室也沒有窗戶。而淋浴間卻有大窗子。

筆者 確實是這樣。

……但是，這樣看來這棟房子實在詭異。怎麼辦呢，是不是不要買比較好？

栗原 光看平面設計圖什麼也不好說，但要是我的話，是不會買的。

我跟栗原先生道謝，掛了電話。

我又看了一次平面圖，任想像馳騁。小孩被關在沒有窗戶的房間裡。悠閒躺在雙人床上睡覺的爸媽。

用一樓的平面圖和二樓的平面圖比較。只有一樓的話，除去謎之空間，就只是普通的民宅。謎之空間。沒有完成的收納空間。真的是這樣嗎？

2F

洗手台
淋浴間
廁所
樓梯
西式房間
單人床
兒童房
寢室
更衣間
櫃子
陽台
櫃子
浴室
雙人床

1F

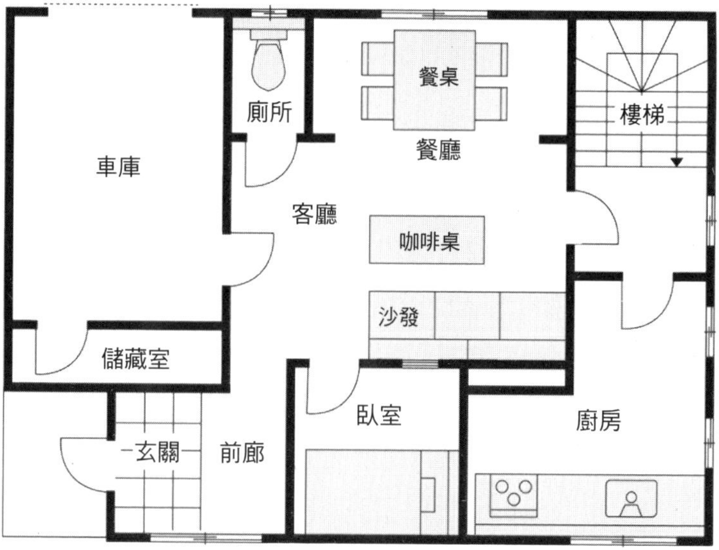
餐桌
廁所
樓梯
車庫
餐廳
客廳
咖啡桌
沙發
儲藏室
臥室
廚房
玄關
前廊

這個時候，我腦中浮現一個猜想。實在非常離譜的猜想。我一面覺得「不可能是這樣的」，一面把兩張平面圖疊在一起。

和我的意料相反，「那個」非常驚人地完全一致。

這是偶然嘛。還是……

謎之空間

我再度打電話給栗原先生。

筆者　對不起又來打攪你。

栗原　沒事沒事，怎麼了嗎？

筆者　那個，我實在對一樓的空間無法釋懷。我覺得搞不好跟二樓的配置有什麼關係也說不定。

栗原　原來如此。

筆者　所以我就把一樓跟二樓的平面圖重疊起來看……一樓的空間，**剛好跟兒童房和浴室的角落重疊**。簡直像是兩個房間之間的橋梁一樣。

栗原　啊，真的耶。

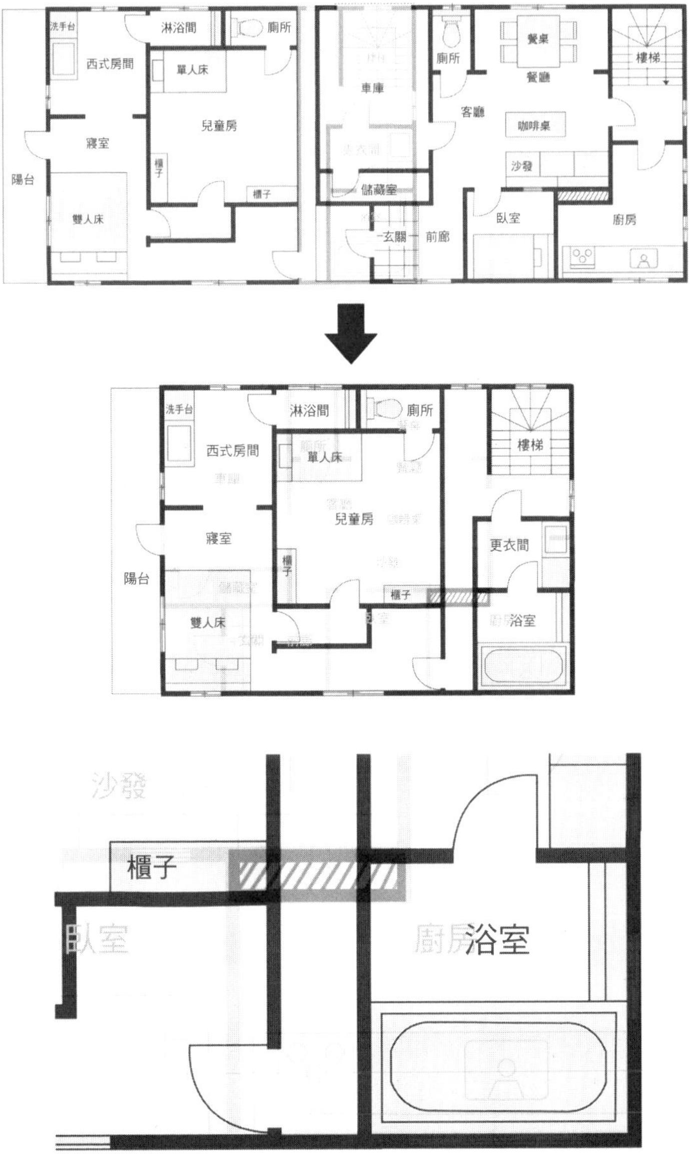
洗手台
淋浴間
廁所
西式房間
單人床
兒童房
寢室
陽台
櫃子
櫃子
雙人床
車庫
儲藏室
玄關
前廊
廁所
餐桌
餐廳
樓梯
客廳
咖啡桌
沙發
臥室
廚房
洗手台
淋浴間
廁所
西式房間
單人床
樓梯
兒童房
寢室
更衣間
陽台
櫃子
櫃子
浴室
雙人床
沙發
櫃子
臥室
廚房
浴室

筆者　然後……這是我門外漢的想法啦，或許一樓的空間，會不會是**通路**？

比方說，兒童房和浴室的地板上，有通往一樓的密道。一樓的空間連接了兩個入口。

這樣的話，就可以經由一樓的空間，往來於兒童房和浴室。爸媽把小孩藏起來，但是從兒童房要去浴室的話，就得經過有窗戶的走廊。會有被外面看見的危險。所以，建造了從兒童房直接通往浴室的密道，讓小孩洗澡。然後，為了遮掩入口，在兒童房裡建造了櫃子……

我是這麼想的，你覺得如何……？

栗原　唔——我覺得是很有趣的想法。

筆者　是我想太多了嗎？

栗原　我是覺得會真的特別做到這個地步嗎？

筆者　……也是。對不起。就突然有了這個想法。請當我沒說忘了吧。

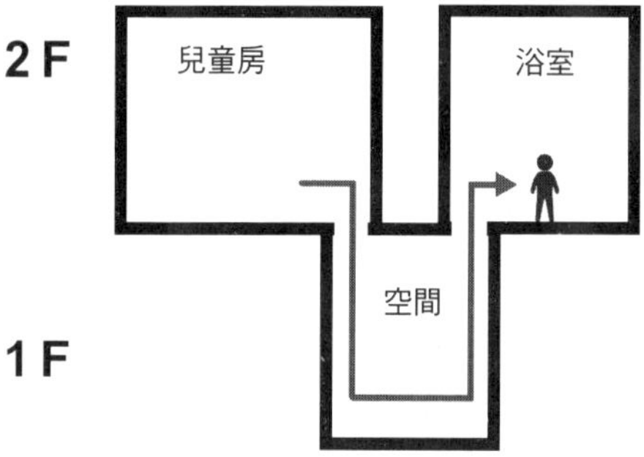

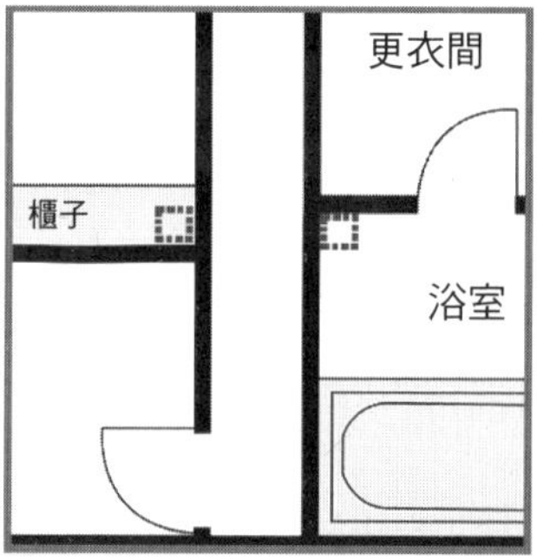

——剛才自己這麼認真熱心闡述，現在突然覺得不好意思起來。確實跟現實偏離太多。就在我想結束談話的時候，電話的另一端，聽見栗原先生在喃喃地說著些什麼。

栗原　……通道……不，等一下。要是這樣的話，這個房間……

筆者　怎麼了嗎？

栗原　就是聽到剛才你那麼說，我突然想到了……對了，之前那裡住的是夫妻和他們的孩子，三個人對吧？

筆者　是的。

栗原　這樣的話，床就多了一張。夫妻睡在二樓的寢室。小孩睡在兒童房。這樣的話，一樓的寢室是給誰的呢？

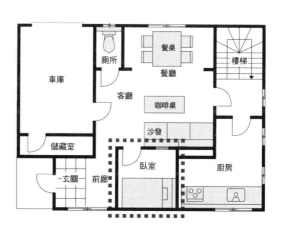

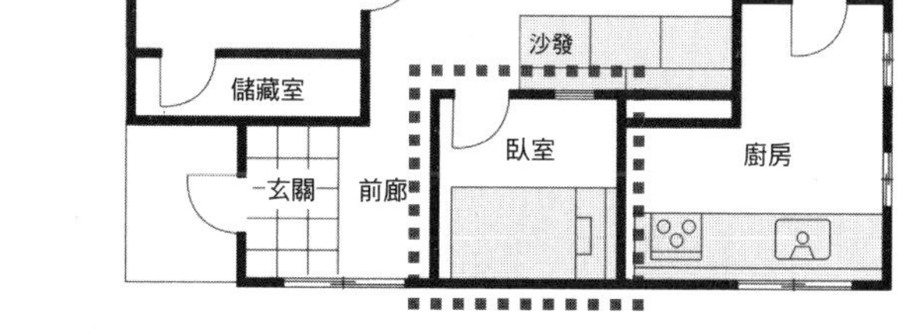

筆者 唔——，給來家裡的客人用的客房之類的？

栗原 應該是這樣吧。雖然不知道是誰，但有人常常來這家裡作客。客人、沒有窗戶的兒童房、兩間浴室，加上剛才猜想的「通路」，加起來就形成了**一個故事**。

好吧，我自己也覺得這個想法更加荒謬，但就當是我的妄想，聽一聽吧。

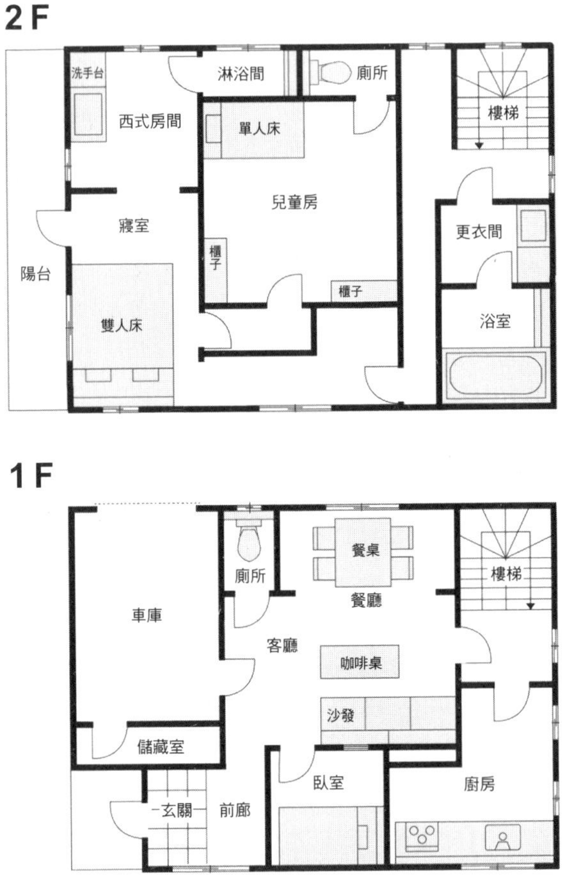

妄想

栗原　以前這棟房子裡住著一對夫妻和一個孩子。小孩因為**某種目的**，被關在兒童房裡。這對夫妻偶爾會招待客人。

在客廳聊天、餐廳吃晚餐。丈夫勸客人喝酒。客人很開心地喝著。然後客人喝醉了，妻子就對客人說：

「今天晚上要不要就住下來？我們有空的客房。」

「洗澡水也已經放好了，請吧。」

客人被帶到二樓沒有窗戶的浴室。

確認客人開始泡澡之後，妻子就送暗號到兒童房。小孩帶著**某種東西**，從地上的入口經由一樓的通道，侵入浴室。然後……

用刀刺入客人的背部。

筆者　咦？！故事為什麼會變成這樣……？

栗原　稍安勿躁，只是我的妄想而已。

喝得醉醺醺的客人光著身子，完全不知道發生什麼事，也無法抵抗。小孩一次又一次地用刀刺客人的背部。血流滿地。最後客人就糊裡糊塗地倒在地上，莫名其妙地死了。

也就是說，這是一棟**為殺人而建造的房子**。

筆者　怎麼會……這是開玩笑吧？

栗原　嗯，幾乎可以算是開玩笑。但是，也不能斷言說一定不是這樣。

你有在網路上搜索過「怪談事件」嗎？

讓人覺得是惡趣味的恐怖小說那種，很悽慘的無法解釋的案件紀錄，多得不得了。

世界上充滿了超越我們想像的扭曲犯罪。

比方說吧，改造自己的房子，利用自己的小孩，不弄髒自己的手而殺人，就算有這樣的夫妻……我覺得也並非一定不可能。

筆者　不是……但是……假設真的是這樣，那到底是為了什麼目的？

栗原　就是說啊。為了殺一個人，很難想像要這麼大費周章。恐怕殺人是家常便飯。這樣的話，就不是單純的仇殺了。搞不好是接受「委託」的。

筆者 委託？

栗原 網路上有很多宣稱接「委託殺人」的網站。所謂的「地下網站」，以前早就造成過社會問題。其中大部分都是沒有實體的詐欺，但據說也有真正受託殺人的。他們好像很便宜，二十萬到三十萬日圓就接殺人委託。說穿了就是業餘的殺手。隨著時代進步，他們的手法也更加多樣巧妙了。

筆者 所以，這棟房子就是委託殺人的工作室？

栗原 我只是說，也可以這麼解釋。反正只是我的妄想而已。

——利用小孩殺人的殺手夫婦。就算是妄想也十分地異想天開。

栗原 順便一提，還有另外一個妄想。剛才說「為了遮掩入口所以設置了櫃子」，這麼說來，兒童房裡還有另外一個櫃子呢。這樣的話，是不是也可以假設這個櫃子底下，也有個入口呢？

筆者 這個⋯⋯

2 F

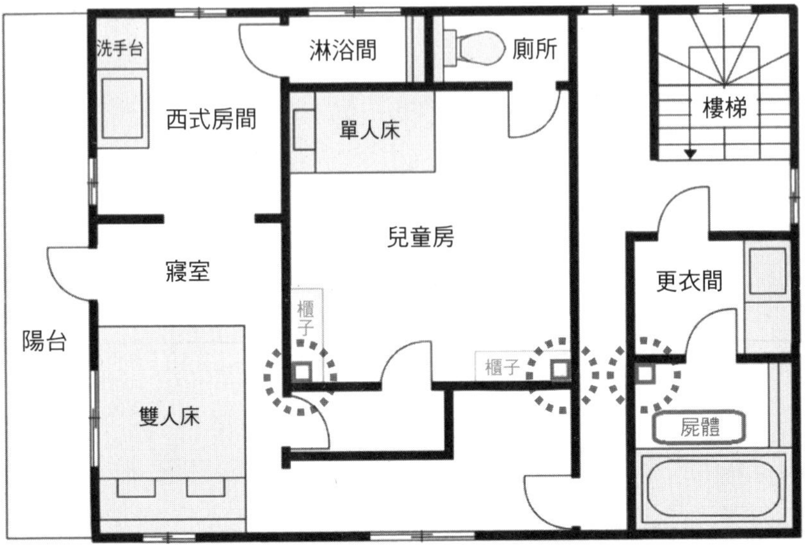
洗手台
淋浴間
廁所
樓梯
西式房間
單人床
兒童房
更衣間
寢室
櫃子
陽台
櫃子
屍體
雙人床

1 F

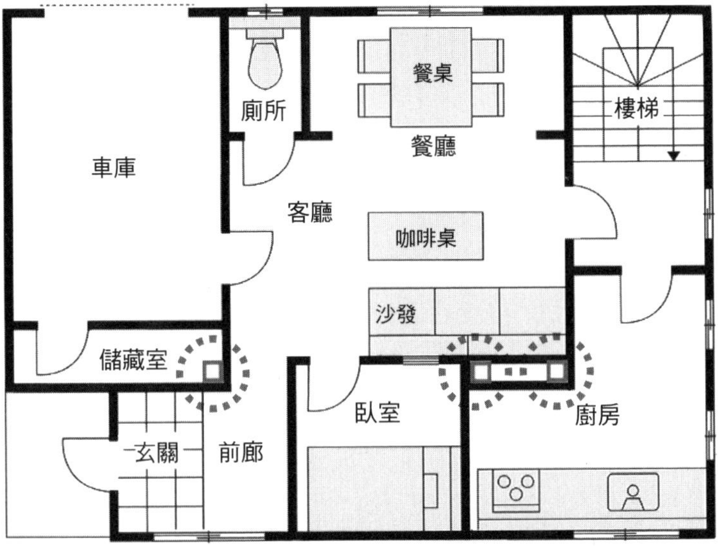
廁所
餐桌
餐廳
樓梯
車庫
客廳
咖啡桌
沙發
儲藏室
臥室
廚房
玄關
前廊

栗原　這樣的話，入口會通往哪裡呢？

筆者　哎……儲藏室吧。

栗原　儲藏室。這樣的話，這棟房子，可以說也存在**處理屍體的通道**。

筆者　這是怎麼說呢？

栗原　回到剛才的故事。

夫妻成功把人殺了，但是屍體不能一直留在浴室裡。必須避人耳目處理掉。這樣就必須再度使用秘密通道。把屍體從通道運出去。但是入口太小，大人的身體無法通過。於是夫婦用鋸子之類的工具分屍。剛好可以通過入口的大小，讓**小孩也能搬運的大小**。

筆者　什麼？！

栗原　夫妻把分屍的屍塊，丟進浴室的入口。小孩一塊一塊慢慢地搬到自己的房間裡，然後丟進另

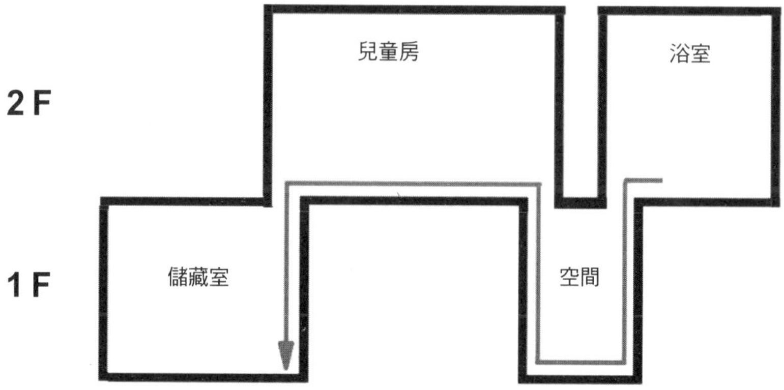

外一個洞口。這樣屍體就從浴室搬到儲藏室了。儲藏室的旁邊是車庫。屍塊放進車子的後車廂裡。然後夫妻就開車到附近山上的森林裡棄屍。

——離車站很近，但周圍綠意盎然，這是那棟住宅的賣點。

栗原 這一連串的事件，都在沒有窗戶的房間內進行。也就是說，從屋子外面什麼也看不到，就可以實施殺人計畫。不管是白天還是晚上，一年到頭都可以殺人。你覺得如何？

——栗原先生的單人秀，剛才我幾乎沒有插嘴的餘地，現在我把心中一直懷有的疑問試著提出來。

筆者 那個，假設剛剛說的故事全部都是真的……為什麼要這麼麻煩花這麼大的功夫呢？要是殺人不想讓外面看見，只要把窗簾拉上就可以了啊？

筆者 就是這一點。通常大家在家裡做不想讓別人看見的事情的話，就把窗簾拉上。要殺人的話更是如此。反過來說，**在窗簾敞開的屋子裡，不會有任何人懷疑有人在裡面被殺**。

筆者　也就是說，是這樣的心理詭計嗎？

栗原　是的。請看一下平面圖。這棟房子，窗戶反而很多。數了一下，全部有十六扇窗。簡直像是對外面說「請往裡面看」一樣。我覺得這是為了隱藏**絕對不能被人看見的房間**所做的偽裝。

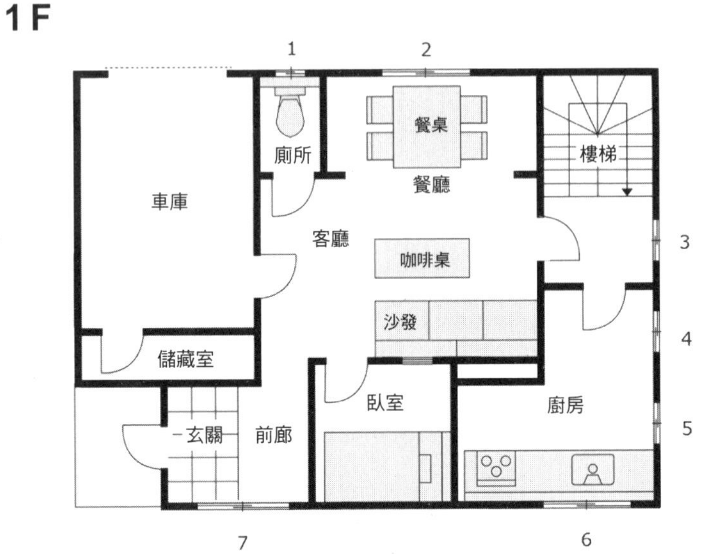
1F
1
2
3
4
5
6
7
車庫
廁所
餐桌
餐廳
樓梯
客廳
咖啡桌
沙發
儲藏室
臥室
廚房
玄關
前廊

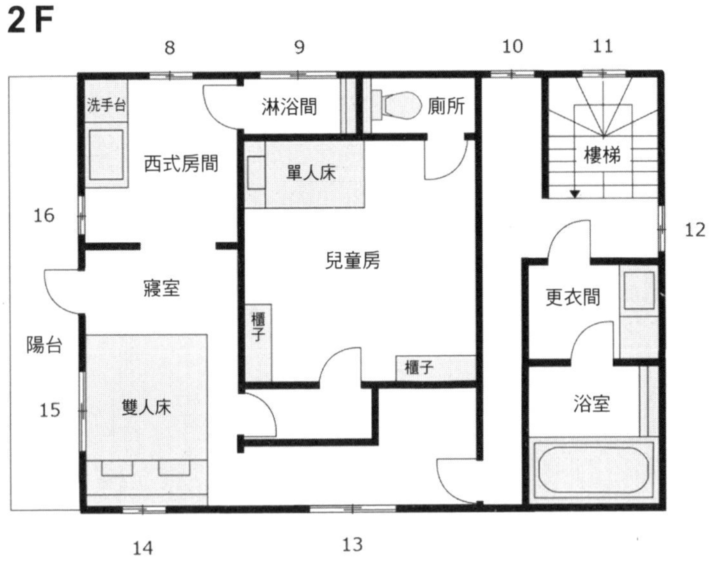
2F
8
9
10
11
12
13
14
15
16
洗手台
淋浴間
廁所
樓梯
西式房間
單人床
兒童房
寢室
更衣間
櫃子
櫃子
陽台
雙人床
浴室

筆者 唔……

栗原 也罷，這都只是推測而已。不要太認真啊。

我跟栗原先生講完電話，發了一會兒呆。

要是栗原先生的故事是真的怎麼辦？去報警嗎？怎麼可能。警方不可能當真的。本來「殺手一家人建造的謀殺屋」這種偏離現實的故事，會相信的人才有問題。栗原先生可能從一開始就只是要戲弄我而已。

對了，我還有另外一件事要做。我得跟找我幫忙的柳岡先生說清楚才行。不管這是不是「謀殺屋」，兒童房的狀況都應該讓他知道。

事實

筆者　喂？好久沒聯絡了。

柳岡　啊，你好！之前拜託了麻煩的事情，真的很對不起！

筆者　沒有沒有。今天就是為了那件事打電話給你的。我剛剛跟設計師栗原先生討論過了。然後……我該從哪裡開始說呢……

柳岡　啊～其實——關於那件事，我得跟你道歉。……那棟房子，後來我們決定不買了。

筆者　哎！為什麼？

柳岡　我想你已經知道了，畢竟發生過那種事。

筆者　發生了什麼事？

柳岡　咦？你沒看今天早上的新聞嗎？那棟房子附近的樹林裡，發現了被分屍的屍體。

筆者　咦……？

柳岡　實在是太不吉利不是嗎。所以今天我就拒絕了。

筆者 這樣啊……

柳岡 但是老實說，還是有點可惜。我很喜歡那棟房子的。簡直跟新屋一樣。

筆者 這麼說來，那是幾年的房子？

柳岡 聽說應該是去年春天蓋的，剛滿一年吧。

——屋齡一年的新屋就賣掉，確實太快了點。

筆者 那個，順便問一下，以前住在那裡的人現在搬到哪裡去了呢？

柳岡 啊，完全不清楚呢。可能是個資問題吧，仲介也完全不肯告訴我們。

筆者 說的也是。

柳岡 讓你白忙一場，真的非常抱歉！下次請你吃飯！

掛斷電話之後，我用手機打開了新聞網站。

「東京都發現屍體」，我找到了這則報導。

八號，東京都〇〇區的樹林中，發現了男性的屍體。警視廳〇〇署正在調查死因和死者的身分。

此外，警署方面表示，遺體的頭部、手腳、軀體被分別切斷，全部埋在同一個地方，只有左手掌沒有找到……

「只有左手掌沒有找到」……是怎麼回事呢？

然後就是「全部埋在同一個地方」也很讓人疑惑。通常被肢解的屍體，都會分散埋在不一樣的地方。這樣被發現和調查的步驟就會變慢，犯人能爭取時間。但是既然全部埋在同一個地方，那或許也表示犯人有別的目的。

這樣比較容易通過入口？

不，不可能是這樣。

我一面跟自己這麼說，一面關掉新聞網站。既然柳岡先生已經不買那棟房子，這件事就跟我沒有關係了。忘了吧。我打開電腦，開始寫截稿期快到的稿件。但是，精神始終無法集中。

沒有窗戶的兒童房。栗原先生的假設。現實中發生的案件。

那棟房子，到底……

報導

在那之後過了一星期，我還是沒辦法忘記那棟房子的事。就算在工作、在吃飯、腦中的某個角落仍舊會浮現那張平面圖。一天看好幾次新聞網站，看看那件分屍案是否有進展。

有一天，我跟常常照顧我的編輯提起了這件事。編輯建議：「那要不要以那棟房子為題材，寫一篇報導？說不定看到報導的讀者會提供線索呢。」

說實話，我很猶豫。以一棟實際存在的住宅為主題，寫一篇完全沒有根據，全憑臆測的報導。

然而我同時也充滿了好奇心，想更瞭解那棟房子。

結果我決定在報導中隱瞞具體的地點和住宅的外觀，讓讀者無法得知是哪一棟房子。這樣或許沒辦法達成「蒐集情報」的目的。但是也有可能獲得新的見解。我抱著這樣的期待。

誰知道會因為這篇報導，得知那麼恐怖的真相，真的作夢也沒想到。

第二章　扭曲的平面圖

一封郵件

報導刊登之後，我收到許多讀者的郵件。大部分都是對報導內容的感想，但其中有一封郵件吸引了我的注意。

抱歉冒昧聯絡您。我叫做宮江柚希

前幾天我拜讀了您的文章。

關於那棟住宅，我知道一些內情。

要是不麻煩的話，請您撥冗回信給我。有勞您了。

宮江柚希

電話號碼 ○○○－○○○○－○○○○

我嚇了一跳。之前已經說過了，報導中沒有提到地名或是房屋的外觀。就算是住在附近的人看到，也沒辦法確定是哪一戶吧。這樣的話，就是**熟悉平面圖**的人。

雖然可能有惡作劇的嫌疑，但既然有署名跟電話號碼，也未免太詳細了。總而言之，這樣下去我沒辦法安心，就先跟寄件者聯絡。

互通幾封郵件之後，我得知了以下的訊息：

- 寄信者宮江柚希女士，是住在埼玉縣的上班族。
- 宮江女士知道一些關於那棟房子的內情。
- 雖然她想告訴我，但是因為情況複雜，所以她想見面直接談。

老實說，我對要直接見面感到不安。光憑郵件無法判斷宮江女士是怎樣的人。要是跟那棟房子有關係呢⋯⋯？

但要是現在抽身，就沒有辦法解開那棟房子之謎了。

這是機會。我下定決心，和宮江女士約好見面。

＊＊＊

下個星期六，我前往約好見面的地點。是東京熱鬧商業區的一家咖啡店。午餐時間已經過去，店裡沒有什麼客人。宮江女士還沒到。

我叫了一杯咖啡等人。緊張得手中發汗。

過了一會兒，一位女士走進店裡。黑色短髮、米色襯衫，年紀大概不到三十歲，手裡拿著一個大手提包。我之前問過她大概的長相，所以立刻就認出這位是宮江女士。

我舉手示意，她好像也看到我了。

宮江　今天約您出來，真的非常不好意思。給您添麻煩了。

筆者　哪裡的話，非常感謝宮江女士特地大老遠過來。您要喝什麼嗎？

宮江女士點了冰咖啡。首先我因為她是個普通人（至少外表看起來如此）而鬆了一口氣。我們閒聊了一會兒。宮江女士現在自己一個人住在埼玉縣的公寓裡，在公司當辦事員。

冰咖啡送來之後，我進入正題。

筆者　您的郵件上說，「關於那棟住宅，我知道一些內情」，指的是什麼呢？

宮江　那個，其實……

——她微微低下頭，好像怕周圍的人聽見似地，小聲說道。

宮江　我先生……**可能是被住在那棟房子裡的人殺害的。**

第二棟住宅

——這句話完全出乎我的意料。宮江女士說，「我從頭開始慢慢講」，於是敘述了詳細的經過。

宮江 我先生宮江恭一，三年前的九月有一天說：「我去一下朋友家」，然後再也沒有回來，就此失蹤了。要是我問他要去哪裡就好了。我不知道他去了誰家，也沒有目擊者情報，結果行蹤不明，就沒有繼續搜查了。

然而幾個月前，埼玉縣的山區發現了屍體。DNA鑑定的結果，跟我先生一致。那具屍體，有一個奇特的地方……就是沒有左手手掌。

筆者 咦？！

——之前的案子，也只有被害者的左手沒有找到。

宮江　根據警方的說法，左手很可能是被鋒利的刀刃切斷的。只不過警方也只知道這一點，完全沒有犯人的線索。我先生發生了什麼事，被誰殺害了，為什麼一定要把左手切斷呢？我非常想知道真相，所以就盡量從報紙和網路上蒐集跟案子相關的情報。然後偶然看到了那篇報導。

「只有被害者的左手沒有找到」……跟我先生的屍體一樣。

還有就是「殺害客人」這一點。說不定我先生去的「朋友家」，就是那一家也說不定。我有這種感覺。

筆者　當然，我知道光憑這樣就要把兩件案子扯在一起，是有點牽強，但是我怎麼都覺得不可能完全無關……

原來如此。確實有共通點。只不過，那棟房子是去年春天建造的。您先生失蹤是三年前的事了吧。也就是說……

宮江　我先生失蹤的時候，**那棟房子還不存在**。是這樣吧？

筆者　是的。

宮江　其實關於這一點，我有些東西想請您過目。

宮江女士打開手提包，取出透明的文件夾，她拿出一張紙放在桌上。上面是印刷的建築平面圖。

筆者 這平面圖是？

宮江 那棟房子的居民**以前可能住過的地方**。

筆者 以前住過？

宮江 東京的住宅是在去年建造的。那麼在此之前，那一家人住在哪裡呢？要是那篇報導的內容是真的話，他們可能以前也同樣利用小孩殺人。
這樣一來，我覺得以前的住宅應該也有「沒有窗戶的兒童房」和「連接殺人現場的通道」也說不定。
要是以前的房子出售的話，可能會在某些房地產業者那裡有紀錄……就會貼出平面設計圖。
我決定搜索房地產公司的網站，找出跟那棟房子格局相似的平面圖。

筆者 說要搜索，房地產業者多不勝數啊。

宮江 確實很麻煩。但我想那棟住宅應該位於埼玉縣內才對。

筆者 怎麼說呢？

宮江 我先生失蹤之後，我收拾房間，在桌子裡找到一個長錢包。我先生生前分別使用兩個錢包。一個是裝著萬圓鈔票和信用卡的長錢包。這個是出遠門或是要買比較貴的東西時才使用的。另外一個是平常用的小錢包，裡面放著定期車票和少量的現金。把長錢包留在家裡，表示我先生去的朋友家應該並不遠。至少我覺得應該沒有離開縣內。所以我集中調查過去三年間，埼玉縣內……特別是我們住的地方附近，是不是有房子出售。

——宮江女士的視線落在桌上。

筆者 這個啊……是這張平面圖嗎……？

宮江 是的。在離我家徒步二十分鐘的距離。

——我仍舊覺得不安。哪有這麼剛好就找到的呢？我半信半疑地拿起那張圖紙。非常扭曲的形狀。

玄關、廁所、客廳、旁邊三角形的房間。那個房間是幹什麼用的呢？

我看了一下二樓的格局。那一瞬間我感到背上竄過一股寒意。

沒有窗戶，附帶廁所的兒童房。跟那棟房子一樣。

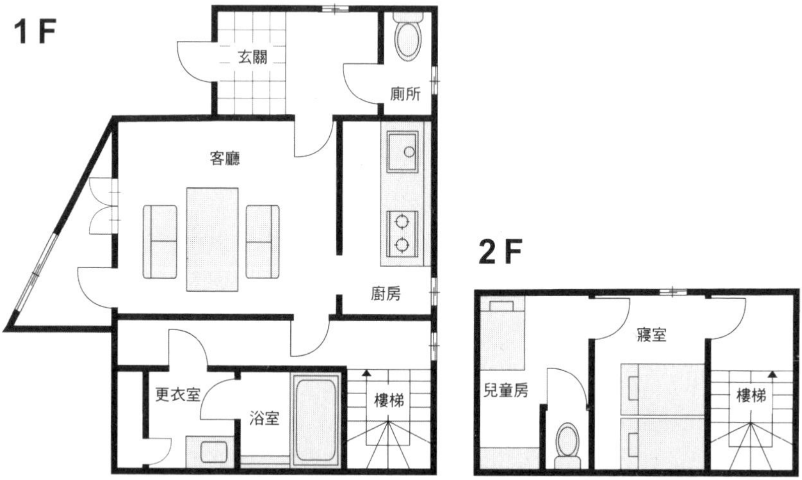

筆者 果然……很像呢。兒童房。

宮江 不只如此。請看一下一樓的浴室。

筆者 啊，沒有窗戶。

宮江 是的。而且，更衣室的左側有一個小房間。跟東京那棟房子的「謎之空間」，是不是有點像？這個房間剛好位於兒童房的下面。

筆者 也就是說，兒童房的地板上可能有往下的通道入口。

宮江 這麼一來，兒童房就可以通往更衣室了。這個房間有一扇小門和更衣室相通。

——小孩經由入口往下進入這個空間，屏息以待。客人泡澡。看好時機從更衣室進入浴室，殺害正在泡澡的客人。雖然有點不同，但兒童房有通往浴室的通道，這點和東京的房子是一樣的。當然這是在栗原先生的假設是正確的情況下……

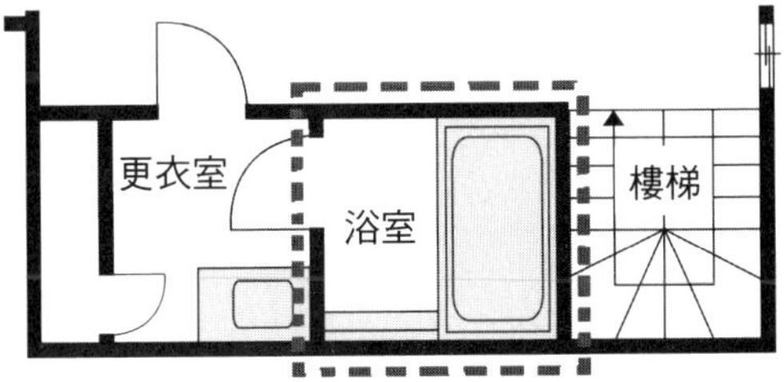

2F

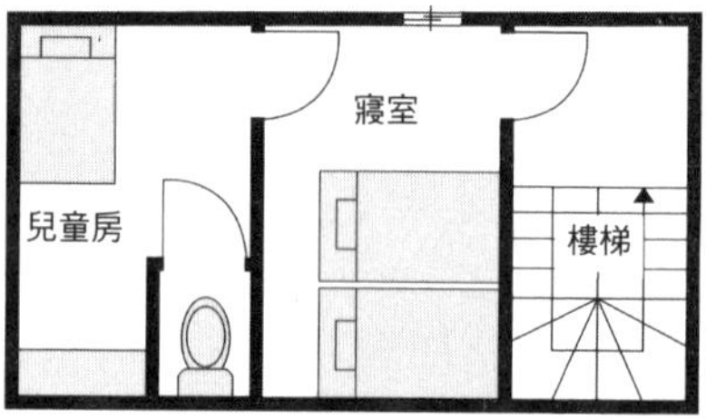

1F

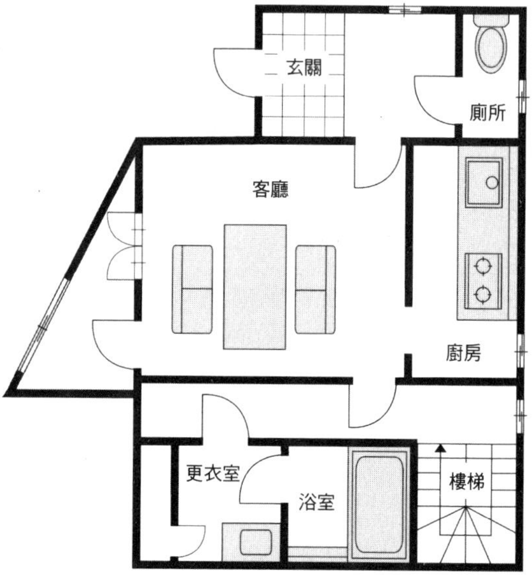

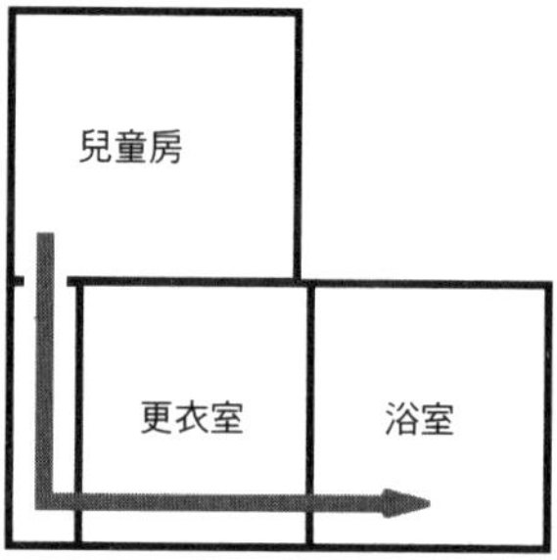

宮江　您覺得如何？

筆者　老實說，看見平面圖我心想「不會吧」，但既然有這麼多共通點，可能確實有什麼關聯呢。

——難以想像只是偶然。但是，那一家人真的在這棟房子裡住過嗎？

筆者 順便問一下，這間住宅是什麼時候出售的呢？

宮江 二〇一八年三月。

筆者 就是去年春天。剛好是跟東京那棟房子建造的時間一致。現在還在出售中嗎？

宮江 其實……這間住宅已經沒了。

筆者 沒了，是怎麼回事？

宮江 網站上說「刊登結束」，我以為是有人買了。但去問了仲介，仲介說幾個月以前發生火災，全燒光了。

筆者 全燒光了啊……

宮江 前幾天我查了地址去看看，已經變成平地了。要是建築還在的話，應該可以調查一下。比方說這間房間，讓人很在意。到底是用來做什麼的呢？

——宮江女士指著三角形的房間。

1F

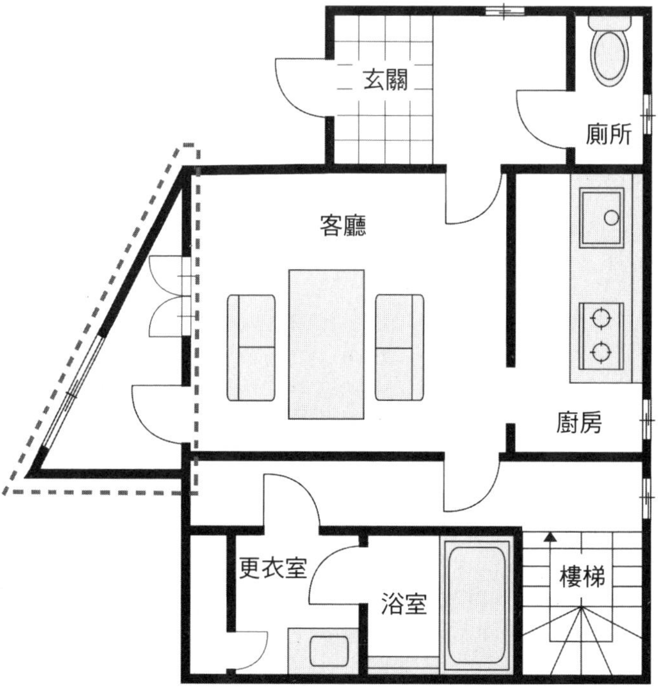

宮江　這棟房子還有其他難以解釋的地方。我覺得要是能多蒐集一些情報，多瞭解這裡的話，說不定可以找到殺害我先生的兇手。但是我沒有任何確切的證據就是了……

筆者　原來如此。我明白了。我讓栗原設計師看看這份平面圖，徵詢他的意見吧。這可以讓我影印嗎？

宮江　這份就給您。然後就是不知道算不算得上參考，網站上對這間住宅的介紹我也印出來了。

筆者　謝謝您。我收下了。

宮江　真的太麻煩您了，不好意思。也請替我跟栗原先生問好。

我們離開咖啡店。外面陽光很強，我滿頭大汗。

筆者　那個……這麼問有點失禮，但您先生生前，有沒有跟人發生過什麼衝突之類的麻煩呢？

宮江　沒有。據我所知沒有。他為人很認真，會有誰想殺他……完全無法想像。

筆者　這樣啊……犯人早日落網就好了。

宮江　是的。……我想請您告訴我真相。

我在車站和宮江女士分手，搭上回家的電車。我坐在座位上，閱讀收到的資料。「〇〇不動產住宅情報網」……地址、建築物和花園的面積、和車站的距離等等都有記載。我注意到**屋齡三年（二〇一六年）**。這棟房子出售是二〇一八年。才住兩年就賣掉了。這麼說來，東京的房子是一年就出售。

這棟房子真的是用來殺人嗎？

其實聽到栗原先生推理的時候，我自己寫報導文章時，都並不真的相信。因為一切都只是沒有根據的推測。

然而今天跟宮江女士會面，推測開始變得真實了。

即便如此，栗原先生「利用小孩接受委託殺人」的說法，我還是覺得有點不對勁。彷彿除此之外，應該還另有別的隱情吧。

這麼說來，我拿出手機，搜索「宮江恭一」。搜索出幾則新聞。我點開其中一則，今年七月的報導。

上個月二十五號，埼玉縣〇〇市發現的遺體，已經判定是二〇一六年失蹤的宮江恭一先生。宮江先生的屍體左手掌被切掉……

「左手掌被切掉」這幾個字引起了我的注意。

換句話說，**除了左手掌之外，遺體並沒有被損毀**。也就是說，**宮江恭一先生沒有被分屍**。

我切換手機的網頁，查看東京發現的屍體一案的新聞。仍舊沒有任何進展。

兩件案子的屍體都缺少左手掌。這是共通點。但一件是分屍案，另外一件不是。到底犯人是不是同一個呢？

差異

回家之後，我比對宮江女士給我的平面圖和東京住宅的平面圖。

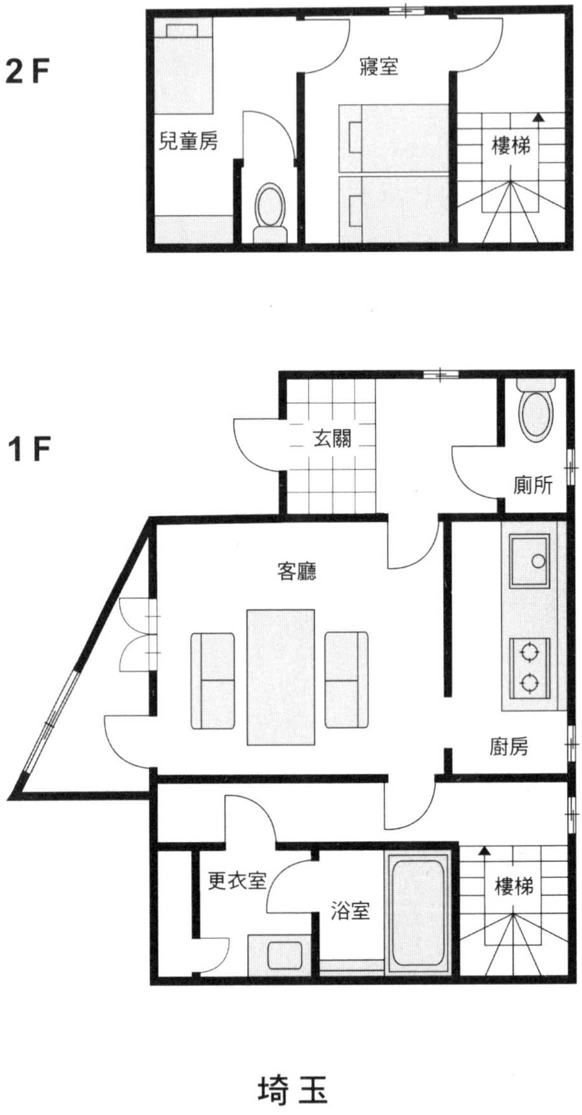

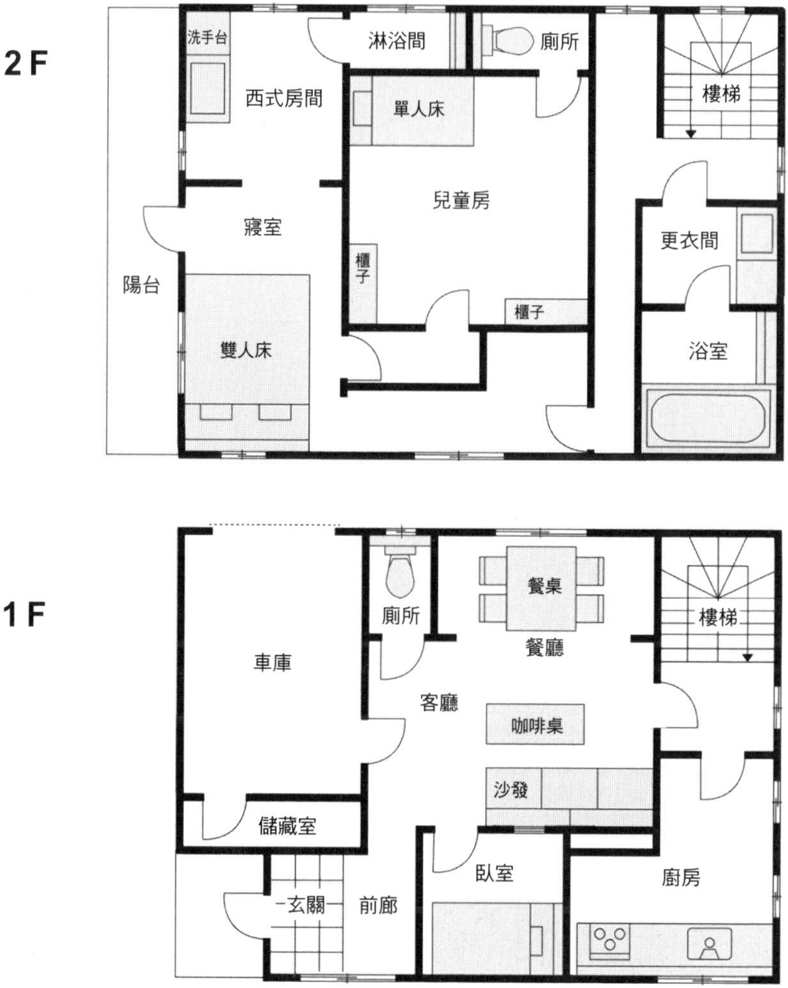
2F
洗手台
西式房間
淋浴間
廁所
樓梯
單人床
兒童房
寢室
更衣間
櫃子
陽台
櫃子
雙人床
浴室
1F
廁所
餐桌
餐廳
樓梯
車庫
客廳
咖啡桌
沙發
儲藏室
臥室
廚房
玄關
前廊

東京

共通點很多，但是也有不一樣的地方。

比方說，埼玉的房子沒有車庫。既然沒有車庫，這棟住宅裡當然也就沒有「處理屍體的通道」。

這時候我發現一件事。

在埼玉的房子殺人的話，就沒有**通過入口搬運屍體**這樣的程序。也就是說，不需要分屍。所以宮江恭一先生的遺體沒有被分屍……是這樣吧。那麼，屍體是怎樣搬運出去的呢？

＊＊＊

當天晚上，我將今天發生的事情整理好，附上獲得的資料一起用電子郵件寄給栗原先生。之後我覺得非常疲累，立刻就睡著了。

第二天早上，我被電話吵醒。是栗原先生打來的。

栗原　喂？不好意思一大早吵醒你。我看了你昨晚的郵件。現在可以碰個面嗎？我有所發現喔。

栗原先生說，他昨晚通宵沒睡，研究著平面圖。真是精力旺盛啊。他都已經徹夜未眠了，我不好意思要他出門，就自己去他家。

栗原家

栗原先生住在世田谷區梅丘的公寓裡。屋齡四十年，並不時髦漂亮，但他似乎很中意。離車站走路二十分鐘。時序已進入十月，但天氣仍舊很熱。我到他家的時候已經汗流浹背。

我按了電鈴，栗原先生穿著T恤和短褲來開門。我們已經很久沒見面了，但他的短髮跟下巴上留著鬍子的風格仍舊沒變。

栗原　特別讓你跑一趟，不好意思。很熱吧？請進。家裡很亂就是了。

——進入屋內。大約四坪大的客廳散置著書本。很多是建築相關，但更多的是推理小說。

筆者　還是一樣到處都是書呢。

栗原　哈哈，賺的錢幾乎都花在這上面啦。

——栗原先生說著替我倒了麥茶。休息了一會兒之後，他在桌上放了一張紙。

栗原　這是昨天你寄給我的平面圖，我印出來了。真是驚人啊。沒想到有第二間這樣的住宅。

筆者　我也是，一開始看到的時候，幾乎懷疑自己的眼睛。

栗原　但是這位宮江女士真了不起啊。只憑那麼一點訊息就能查到這些。

筆者　應該是……想找到殺害自己先生的犯人，靠著這個念頭堅持下來的吧……這麼說來，宮江女士很在意這間三角形的房間。你知道這房間是做什麼用的嗎？

栗原　非常奇特的房間呢。雖然不知道詳細的情況，但有一點可以肯定，那就是**這是加蓋的房間**。

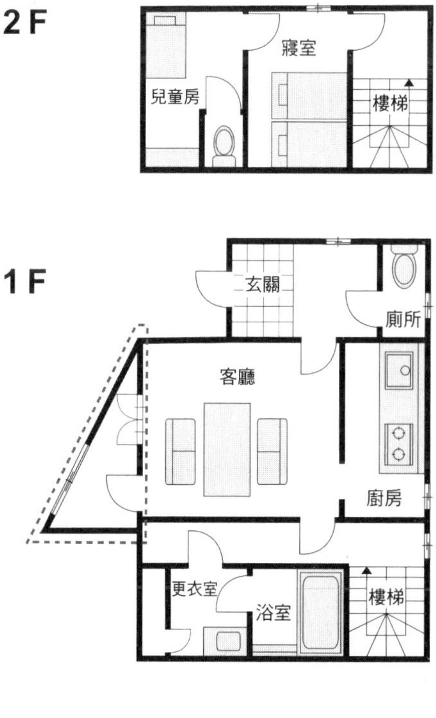

三角房間

筆者　加蓋？你怎麼知道這是加蓋的呢？

栗原　三角房間和客廳之間有窗戶呢。

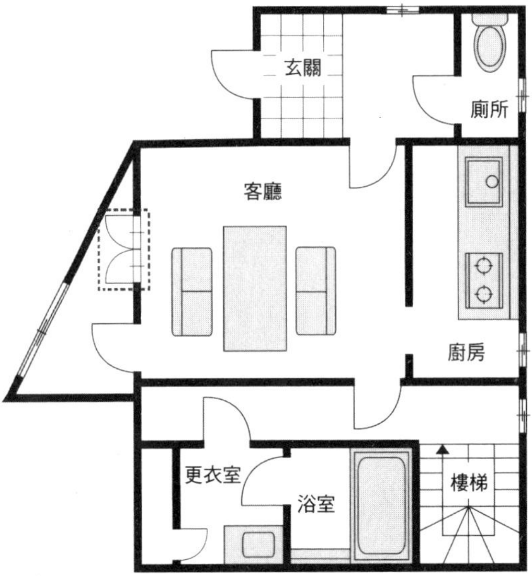

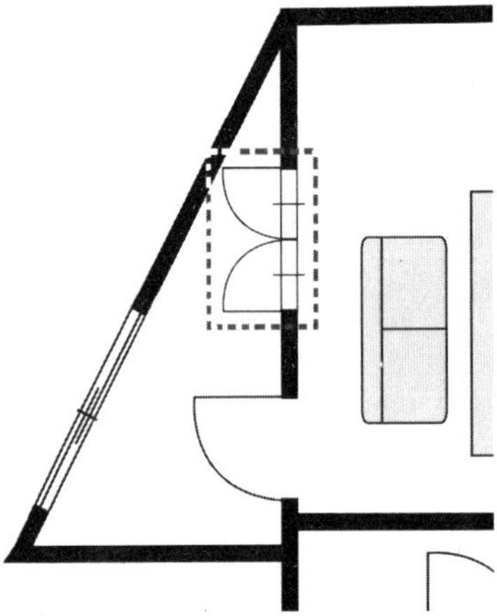

栗原 這叫做「室內窗」，房間和房間中間裝上窗戶，並不少見，但通常不是用這種窗子。這叫做「雙開窗」，兩邊一起打開的話，三角房間的空間就被壓縮了。

筆者 確實如此，都要刮到牆壁了。

栗原 而且這種「雙開窗」，特徵就是通風和採光都很好，但開在這裡會被三角房間的牆壁擋住，既不通風也不透光了。窗戶的機能幾乎等於沒有。這樣的話，為什麼要在這裡設置窗戶呢？我覺得，那是因為這扇窗戶本來是**開向戶外**的吧。

——栗原先生用手遮住三角房間。

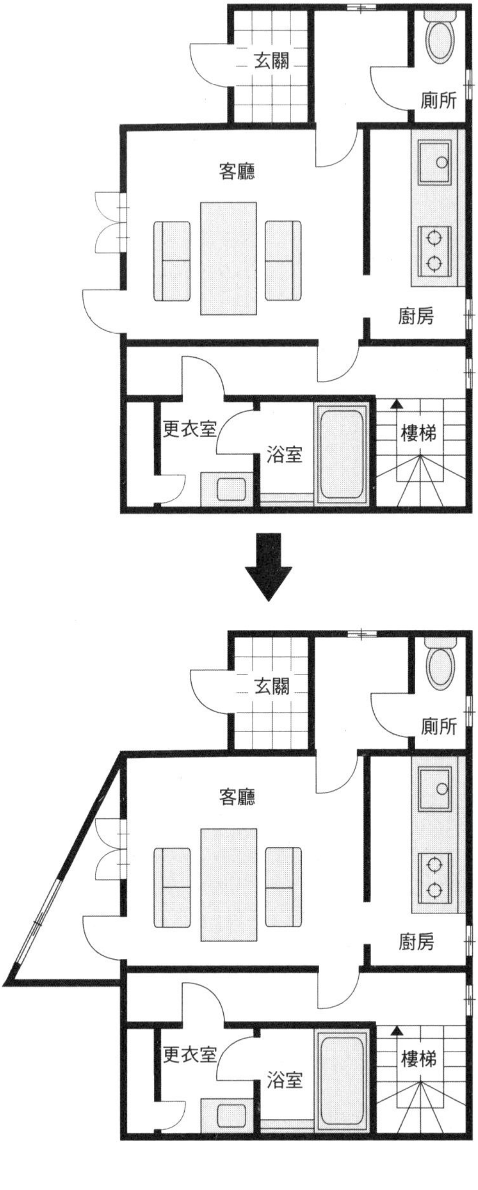

栗原　這棟房子剛建的時候，是沒有這個三角房間的。請看一下。要是沒有三角房間的話，就是一棟普通的民宅。客廳的窗戶可以看到外面，門則是通往院子的。

筆者　所以就是在原來是庭院的地方，加蓋了三角形的房間。但是，為什麼要加蓋這樣的房間呢？

栗原　加蓋的原因不清楚，但這個房間為什麼是三角形，我可以推測一下。

筆者　咦？

——栗原先生把筆記型電腦放在桌上。電腦螢幕上是航攝影像圖。

栗原　昨天我用你提供的地址資料，在網路上搜索到的。嗯……這裡吧。

——他指的地方是用土牆圍起來的梯形空地。應該是發生火災之後拍的吧。栗原先生拿出筆記本，開始畫土地的形狀。

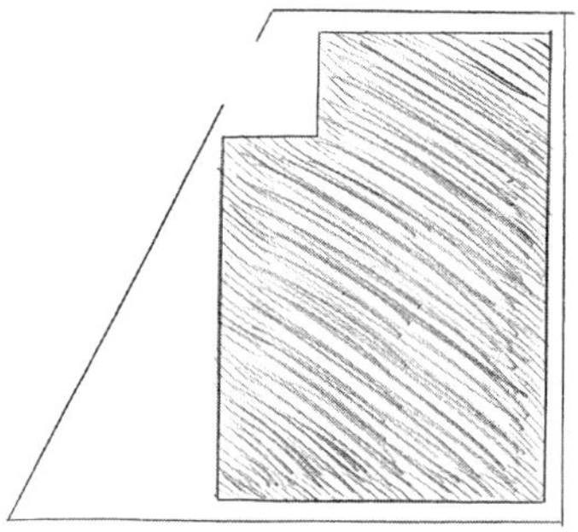

栗原　這棟住宅本來就是在梯形土地上建造的，這種形狀的房子。多出來的三角形空地，就當成庭院。這間房子沒有陽台呢。可能院子裡會有曬衣架之類的東西。然後，**因為某種原因**，不得不加蓋房間。所以就配合土地的面積，蓋了三角形的房間。

筆者　這樣啊。不得不蓋成三角形。

栗原　是的。只不過，這樣也仍舊有疑問。

——栗原先生繼續在筆記本上畫畫。

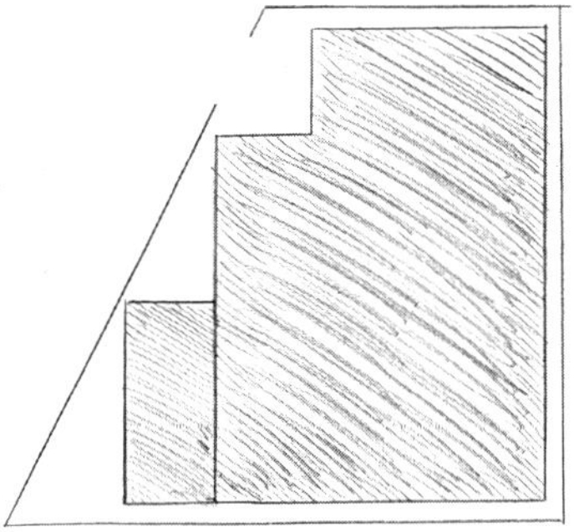

栗原　比方說這種形狀，可以加蓋長方形的房間。面積其實差不了多少，以房間機能來說，也比較方便使用，施工也容易。那麼為什麼不這麼做呢？想得出的理由只有庭院。

栗原　加蓋長方形的房間的話，只剩下兩個小空間。以庭院來說很難運用。要是三角形的房間，就可以保留庭院。

筆者　所以意思就是為了保留庭院，所以加蓋成三角形嗎？

栗原　我也曾經這麼考慮過。但是仔細想想就很奇怪。**沒有通往庭院的門啊**。原本客廳的門是通往庭院的，但是加蓋了三角房間之後，那扇門就沒用了。其他房間本來就沒有通往庭院的門。也就是說，現在庭院根本去不了了。

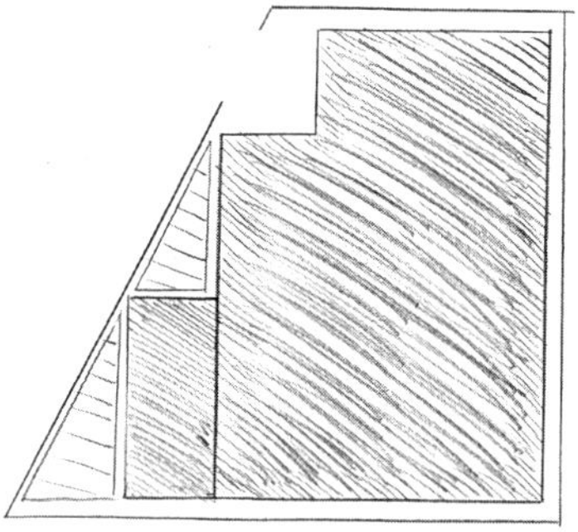

筆者　唔……但是，從玄關出去，沿著三角房間過去就可以了吧。

栗原　那樣行不通。昨天我用航攝影像圖和土地資料比對計算過了，土牆和三角房間之間的空隙，大概只有二十到三十公分。成人是沒法通過的。

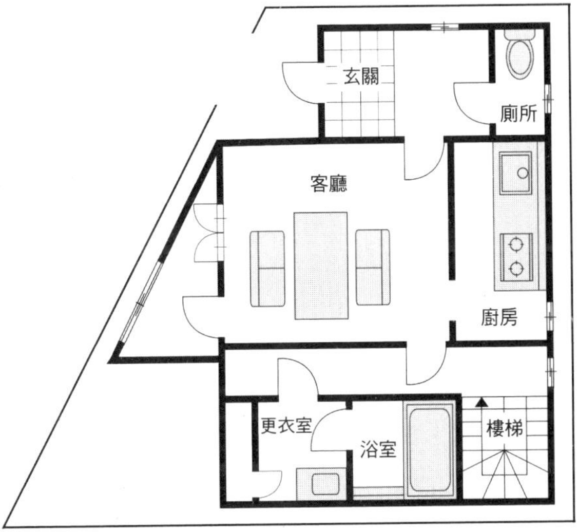

筆者　所以，根本沒辦法進入庭院？

栗原　就是這樣。不可能飛簷走壁在土牆上走過去吧。也就是說，加蓋了三角房間之後，庭院就沒辦法使用了。

筆者　那為什麼還要保留這一塊空地呢？

栗原　不是保留，而是不留下來不行。也就是說，**這塊空地上不能加蓋房間**。

筆者　這是什麼意思？

栗原　蓋房子的時候，必須進行「打樁」的工程，就是把粗長的支柱打進地下。這個空間可能因為某種原因，沒有辦法打樁。

筆者　某種原因？

栗原　沒有辦法打樁的情況，比方說地面太過堅固，或是反過來太過柔軟也不行。只不過，很難想像只有這一塊土地的地質不同。這樣的話，就可能是**地底下有什麼東西**。比方說……地下室。

筆者　咦？！

埋藏的房間

栗原 換個話題。這棟住宅沒有車庫呢。
假設在這棟房子裡殺人的話，沒有車子，就沒辦法把屍體搬運出去。可能是租車，或是在哪裡借用停車場，這樣的話，就得把車停在住家旁邊，然後把屍體拖進去。有可能會被別人看見。為了殺人而建造住家的人，我不覺得會做這種事。這樣的話，屍體怎麼處理呢？
我認為**屍體可能就藏在家裡**。

筆者 就是說，有放置屍體的地方了？

栗原 是的。但是，那會是哪裡呢？
必須要有一定的大小，而且臭氣不會外洩的密閉空間，跟活人住的地方有距離。當然，更重要的是不能從外面被看見。在這棟房子裡，沒有滿足這些條件的房間。這麼一來，就只有地下室了。

——栗原先生指向更衣室旁邊的空間。

栗原　這個空間既是「通道」，可能也是**地下室的入口**。夫婦把浴室裡的屍體拖到這個空間，打開門，然後扔進地下室。這樣屍體的處理就完成了。

筆者　但是，要是有地下室的話，平面圖上不應該顯示嗎？

栗原　這張平面圖，是房地產仲介的網站上刊登的不是嗎？也就是說，出售房屋的時候，房地產公司製作的。在那之前地下室已經填掉了吧。

筆者　這樣說來……現在地下還有屍體嗎……？

栗原　不，幾乎沒有這種可能。既然要出售這塊地，不知道什麼時候會被挖掘。在填掉地下室之前，屍體就已經藏在別的地方了吧。宮江恭一先生就是在山區被發現的。

筆者　確實如此……

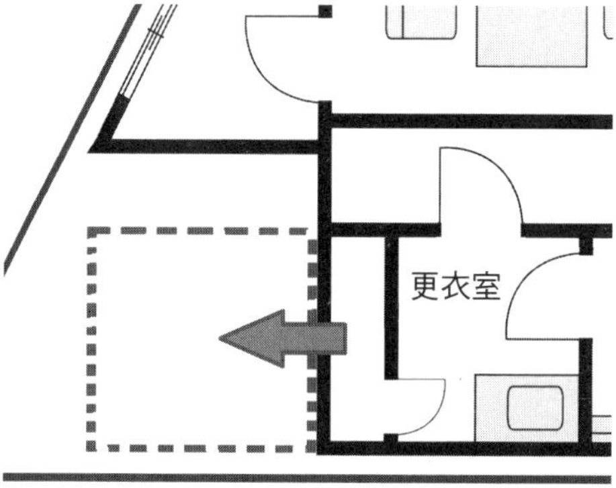

變化

栗原　但這樣的話，三角房間就成了一個謎了。為什麼要冒著風險加蓋這種東西呢？

筆者　風險？

栗原　加蓋房間是一個大工程。當然業者會頻繁出入家中，鄰居也會注意到。對夫妻來說，這才是致命的風險。

冒著這樣的風險，也非得加蓋房間的理由……到底是什麼呢？

——就在此時，正午的鐘聲從窗外傳來。

栗原　已經中午啦。叫個外賣吧。

——我們跟附近的蕎麥麵店叫了午餐。在蕎麥麵送到之前，我跟栗原先生說了我一直在考慮的事情。

筆者 其實，我打算去東京看看那棟房子。

栗原 為什麼？

筆者 埼玉的房子已經燒掉了，東京的房子還在出售中。要是去找仲介，應該可以去看房。要是能在屋子裡找到什麼線索，或者是殺人的證據，那就可以證明那棟房子確實是用來殺人行兇的。這樣的話，警察應該也會有所行動。

栗原 ……很難呢。

筆者 為什麼？

栗原 房屋出售的時候，不動產業者應該去鑑定過。既然通過了鑑定，那至少不會有肉眼可見的證據……比方說血跡啊、被害者的遺物啊，應該都不存在了。通道入口應該也已經封閉。

不過，使用專門技術，或許能檢驗出被害者的DNA之類的，但只是去看房不可能做到這一點。與其操那個心，我們現在能做到的，就是完美地解開這份平面圖的謎題。

筆者 三角房間嗎？

栗原 那也包括在內，但我比較在意的是這兩棟住宅的「差別」。

2F

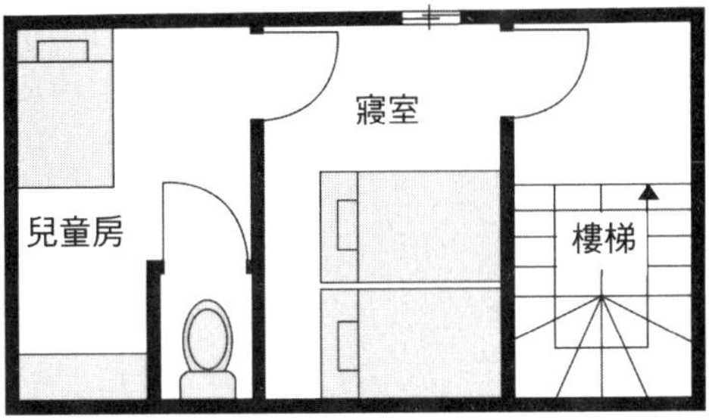
寢室
兒童房
樓梯

1F

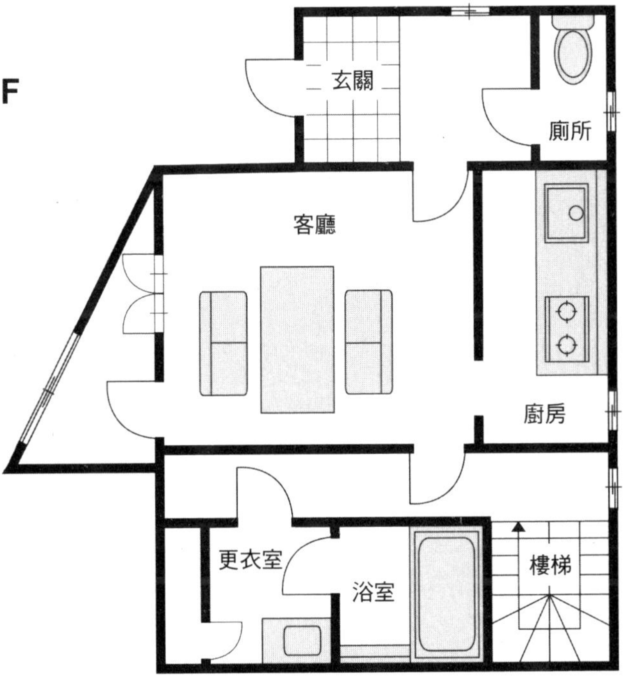
玄關
廁所
客廳
廚房
更衣室
浴室
樓梯

埼玉

——栗原先生把兩間房屋的平面圖並排在一起。

栗原 比方說窗戶的數量。埼玉的房子窗戶非常少。東京的房子則像是在說「請看裡面」一樣，有很多的窗戶。

兒童房的門也不一樣。東京的房子有兩重的門，埼玉的屋子只有一扇門。隔壁夫妻的寢室也令人在意。埼玉是兩張單人床；東京則是一張雙人床，睡在一起。搬家後夫妻感情變好了，這種事情從來沒聽說過吧。他們之間有了什麼變化呢？兩棟房子裡住的是同樣的人的話，為什麼會有這種「差別」呢？我覺得要是能明白這一點，就很接近解開那個家族的真相了。

筆者 原來如此。

栗原 話雖然是這麼說，但我覺得得去看東京的房子，不是個壞主意。只是看看外觀或許就可以有所發現。啊，外賣差不多要到了吧？

——吃完午飯，我離開了栗原先生家。在回家的電車上，我記下了今天討論的重點。

2F
洗手台
淋浴間
廁所
西式房間
單人床
樓梯
兒童房
寢室
更衣間
櫃子
陽台
櫃子
浴室
雙人床

1F
廁所
餐桌
樓梯
車庫
餐廳
客廳
咖啡桌
沙發
儲藏室
臥室
廚房
玄關
前廊

東京

● 三角房間是因為某種理由加蓋的。
● 院子底下可能有藏屍體的地下室。
● 跟東京住宅的不同點在於「窗戶的數量」、「兒童房的門」、「夫妻的床」。

回家之後我把這些整理成一篇文章，寄給宮江女士。幾個小時後，她回信了。

承蒙您照顧，

我是宮江。

非常感謝您跟我聯絡。

只憑平面圖，就能夠獲得這麼詳細的資訊，我真的非常驚訝。也請跟栗原先生轉達我的謝意。

此外，這是我任性的請求，我們能再見一次面嗎？我想跟您道謝，還有一件事情要跟您說。我會來東京，如果可以的話，請您告訴我哪一天比較方便。

宮江柚希

東京的房子

下個星期日，我很早就離家。我和宮江女士約下午三點見面。但在那之前，我決定先去一個地方。

東京的房子。那棟一切起源的住宅。正如栗原先生所說，或許光看外觀，就能有所收穫也說不定。

離最近的車站徒步十分鐘。那棟房子位於安靜的住宅區。

漆成白色的牆壁。庭院中有青青草地。外觀看起來十分普通。玄關前放著「出售」的招牌。這棟房子裡發生了殺人案，完全無法想像。我抱著難以置信的心情眺望著這裡。

突然有個聲音響起。

「要找片淵先生的話，他們已經搬家了喔。」

我轉頭，看見隔壁的院子裡站著一個女人。她年紀大約五十歲，抱著一隻小狗，看起來十分和藹可親。

女士　您是片淵先生的朋友嗎？

筆者　片淵先生是……？

女士　就是以前住在這裡的人啊。

——「片淵」……那家人的姓。

女士　您不是片淵先生的朋友？那您來這裡有什麼事嗎？

——糟糕了。我總不能說是來看「殺人住宅」的吧。

筆者　呃……其實，我在考慮搬家，來這裡散散步，看是不是有合適的地方。
女士　唉呀，是這樣啊。這附近很安靜，不錯喔。
筆者　確實如此，空氣很清新，住起來應該很舒服的樣子。
女士　這棟房子也很不錯呢，又大又漂亮。不知道片淵先生為什麼要搬家啊。
筆者　那個……片淵先生，是一位怎樣的人呢？
女士　他們一家人感情非常好喔。小孩也非常可愛。
筆者　咦？您見過他們家的小孩嗎？
女士　嗯嗯。是個小男生，叫做「浩人」。搬家的時候，好像才剛滿一歲吧。他媽媽常常帶著他出門呢。

——我混亂了。要是鄰居說的是真的，那就沒有「監禁小孩」這回事了。

女士　對了，他們搬家真的很突然呢。好寂寞啊。
筆者　突然某一天就搬家了嗎？
女士　是啊。我們是鄰居，怎麼說也該打聲招呼吧……

筆者　沒有事先提過嗎？

女士　對啊。不知道發生什麼事了。

筆者　順便問一下，片淵先生搬家之前，有沒有什麼跟平常不一樣的地方呢？

女士　……唔——嗯……這麼說來，我先生說過看見不可思議的事情。

筆者　能詳細跟我說說嗎？

女士　可以是可以……您為什麼想知道片淵先生的事呢？

筆者　這個……我有點好奇……

女士　好吧。大概是……三個月以前吧。我先生半夜起來上廁所。從我家廁所的窗戶，看得見片淵先生家。他說已經三更半夜了，片淵家還亮著燈，而且窗子前面還有人。你看，就是那扇窗戶。

——女性指的是片淵家的二樓，夫妻寢室的窗戶。

筆者　咦？

女士　他說是小學高年級左右，臉色蒼白的男孩子。隔壁沒有那樣的孩子啊？搞不好是親戚家的孩子來玩吧。第二天，我就問了隔壁的主人。他說：「沒有那樣的孩子來我家喔。」

筆者 果然……很不可思議。

女士 哎，不管怎麼說，他們過得好就好啦。

我跟女士道謝，離開了那裡。一面走著，心裡一面湧起越來越不安的感覺。

有兩個小孩。

我打電話給栗原先生，跟他說我剛才聽到的訊息。「浩人」這個小孩、突然搬家，以及站在窗前的孩子……栗原先生沉默了一會兒似乎在思考，然後靜靜地說道：

「要是……有兩個小孩的話，那平面圖的謎題就解開了。你能現在來我家嗎？」

我看看手錶，才剛過十一點。離約好的時間還很久。

我決定去栗原先生家。

兩個小孩

栗原先生的房間，還是一如既往堆滿了書。桌子上攤著平面圖。

筆者 我太驚訝了。沒想到竟然有兩個小孩。

栗原 我也沒想到有這種可能性。但要是有兩個小孩的話，在此之前的謎題就一口氣都解開了。首先我們順著時間線，來整理一下事實。

埼玉的住宅是二〇一六年建造的。兩年後，二〇一八年這家人到東京。根據鄰居的陳述，那個時候浩人剛滿一歲。這樣推算，浩人是二〇一七年出生的。也就是說，浩人是片淵夫妻住在埼玉時生下的孩子。

在浩人出生前，埼玉的住宅裡住著三個人。夫妻，和身分不明的小孩。我們暫且稱之為A君吧。

夫妻二人把A君監禁在二樓的兒童房裡。

然而某個時候，這一家發生了改變。就是第二個孩子浩人出生了。這個三角房間，

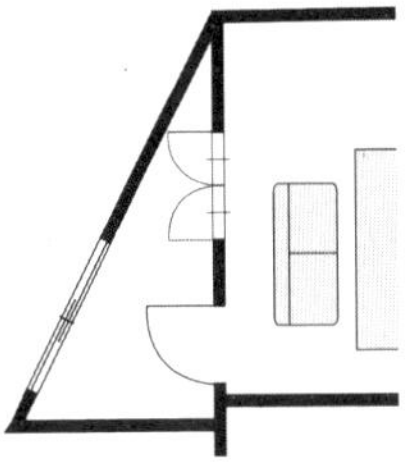

2016　埼玉的住宅完成
2017　浩人出生
2018　搬到東京

可能就是**為了浩人加蓋的房間**吧。

筆者　咦？！兒童房……是怎麼回事？

栗原　就是這樣。雖然有點狹窄，但是嬰兒床應該可以放得下。房間還有大窗戶，光線也夠明亮。

筆者　但是，利用長男殺人的人，會特地為了次男加蓋房間嗎？

栗原　這是重點。根據鄰居的說法，夫妻倆非常疼愛浩人，常常帶他外出。A君完全沒有這種待遇。由此推測，衍生出一種可能，就是**A君並不是他們親生的孩子**。這麼說來，之前你說「東京的家裡住著三個人」。這是誰告訴你的？

筆者　柳岡先生。柳岡先生是從房屋仲介那裡聽說的。

栗原　也就是說，片淵家的人跟房屋仲介說了謊。因為，事實上有四個人。但是撒這種謊，在簽約的時候拿出戶籍謄本就立刻會被戳穿。

一直都沒有被戳穿，意思就是片淵家的戶籍謄本上，並沒有

A君的名字。沒有戶籍的小孩。搞不好是買來的孩子。

筆者　販賣人口……

栗原　嗯。無論如何，這夫妻倆對A君沒有任何感情。但是這樣的人，仍舊疼愛自己的親生孩子。非常嚇人的雙重標準。

——確實，比起別人的小孩，當然是自己的孩子更可愛。然而，我無論如何還是想不透。片淵夫婦到底是怎樣的人呢？

栗原　接下來都是我的想像。這對夫妻對於要在哪裡養育浩人感到煩惱。在屋子裡殺人是家常便飯。他們不想在那樣的地方撫養自己的寶貝孩子。要是能的話，最好讓他在別的地方長大。然而這是不可能的。

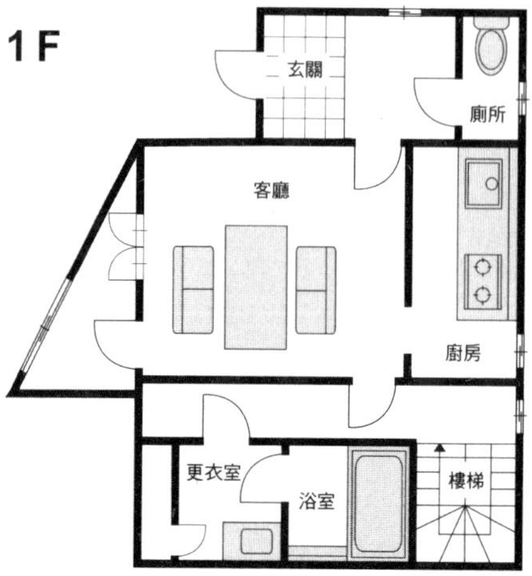

於是，他們決定盡量設法妥協，所以加蓋了這個三角房間。看平面圖就可以發現，只有這個房間是從整體延伸出來的。唯一不屬於陰暗的謀殺屋，充滿陽光的房間。浩人就在這裡，一無所知地長大。

筆者 但是在此同時，這對夫妻監禁A君，並且強迫他殺人。要是為了浩人的幸福著想，與其加蓋房間，不如放棄殺人這個勾當比較好吧。

栗原 可能是想放棄也沒辦法吧？

筆者 咦？

栗原 我之前就這麼覺得了。這對夫妻是依照自己的意願殺人的嗎？比方說，很有可能是被人脅迫，接受指示而殺人的。

筆者 所以是有幕後主使者？

栗原 對。要是這樣的話，他們就等於是活在地獄裡。充滿了恐懼和罪惡感。而在這裡出生的浩人，對他們而言就是唯一的希望。讓浩人幸福地長大，對他們而言可能是一種救贖吧。

筆者 把自己的人生，寄託在浩人身上嗎……

栗原 是的。這樣想來，另一棟住宅的解讀也完全不一樣了。

——栗原先生把東京住宅的平面圖推到桌子中央。

栗原　二〇一八年，這家人因為某種理由，搬來東京。藉此機會，他們蓋了新的房子。我對這棟房子的解讀有誤。這是夫妻倆縝密設計，同時執行「殺人」和「育兒」兩個目的的住宅。

兩面

栗原 這棟房子，有兩面性。可以說是光明和黑暗吧。

光明一面是客廳、廚房、寢室等等。有很多的窗子，從外面看也毫無問題的房間。這全部都是為了養育浩人而建造的。夫妻倆在這些房間裡一面扮演「理想家庭」，一面養育浩人。

然而，這棟住宅有「黑暗」的另一面。兒童房、浴室、謎之空間。不見陽光的陰暗房間，夫妻倆讓A君殺人。分隔「光明」和「黑暗」的地方，就是連接寢室和兒童房的兩重門。

2F

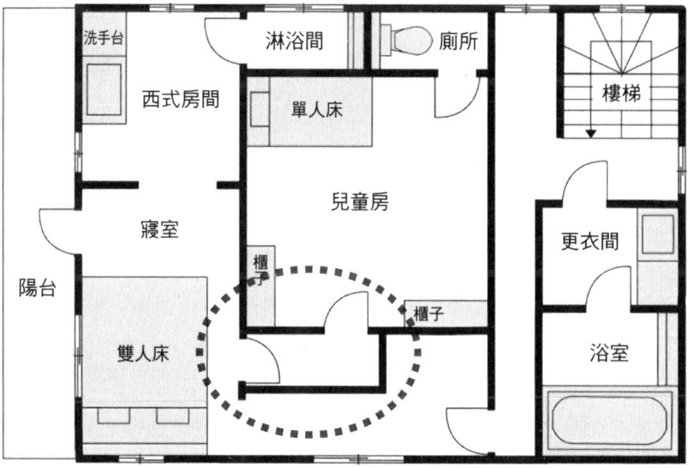

我第一次看這張平面圖的時候，覺得兩重門是為了不讓小孩逃出來而設計的。然而埼玉住宅裡的兒童房並沒有兩重門。我覺得很奇怪。但是現在我明白原因了。這兩重門是**不讓A君和浩人見面的設計**。比方說，夫妻倆要去兒童房送餐給A君的時候，要是只有一扇門的話，A君就可能看見浩人。然而有了雙重門就不用擔心這一點。

栗原 A君不知道浩人的存在嗎？

筆者 這個嘛，在同一個屋簷下，總會聽到聲音，不可能完全沒注意到的。只不過，要是A君親眼看見浩人，不知道會有什麼感覺。搞不好會嫉妒跟自己境遇截然不同的浩人，嫉妒他，想加害於他也說不定。夫妻倆很擔心這一點。他們支配著A君，但同時也懼怕A君吧。

栗原 原來如此。

筆者 這樣一來，雙人床的謎題也解開了。在埼玉的住宅裡，夫妻分別睡在單人床上。但是東京的住宅裡只有一張雙人床。為什麼會有這種差別呢？從結論來說，這張雙人床並不是夫妻睡的。

栗原 咦？

2F

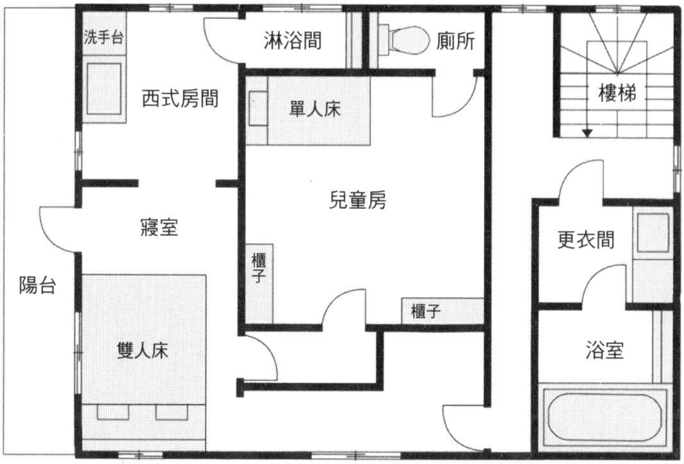
洗手台
淋浴間
廁所
西式房間
單人床
樓梯
兒童房
寢室
更衣間
櫃子
陽台
櫃子
浴室
雙人床

1F

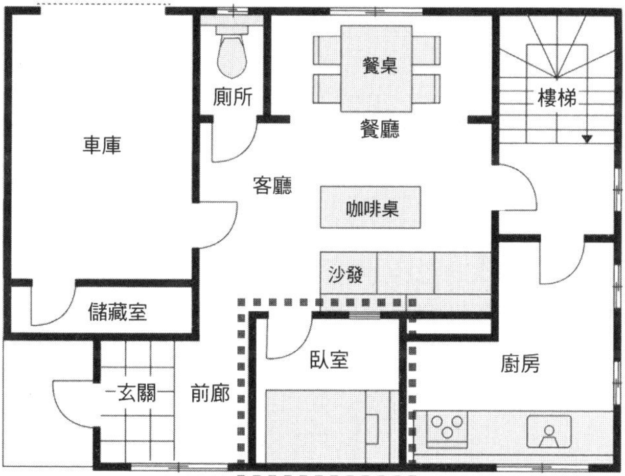
餐桌
廁所
樓梯
餐廳
車庫
客廳
咖啡桌
沙發
儲藏室
臥室
廚房
玄關
前廊

栗原　這張床應該是浩人跟媽媽一起睡的。把床放在那裡，可以一面照顧浩人，同時監視兒童房。

最壞的情況下，即使A君從兒童房逃走，也能保護浩人。

從寢室可以直接看見更衣室，這樣母親在更衣室的時候，才能同時監視寢室。

筆者　但是這樣的話，父親在幹什麼呢？

栗原　可能是監視全家吧。

一樓的臥室可以當客房，但平常父親睡在這裡。他們平常都在殺人，反過來說，自己也有生命危險。為了保護太太和小孩，我覺得父親的任務就是「守護城堡」。

筆者　但是這樣的話，A君就得一天二十四小時都關在兒童房裡了。那鄰居看見的小孩身影又是怎麼回事呢？

栗原　可能那一天發生了「某件事」。至少對夫妻而言，是並不理想的異常狀態。這麼說來，隔壁家的先生說，看見**小孩站在寢室的窗戶前面**吧。

筆者　是的。

栗原　寢室的窗邊是雙人床。要是平面圖沒錯的話，「站在窗前」是不可能的。其實A君是**坐在床上**。隔壁的先生不知道這個房間有一張床，所以才誤以為是「站在窗前」。

A君在母親和浩人睡的床上幹什麼呢？

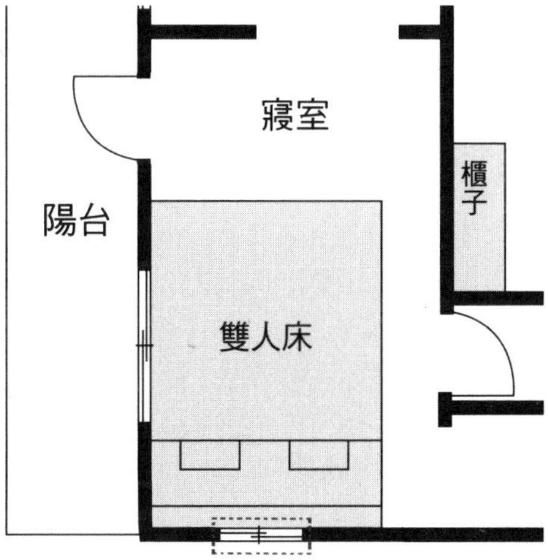

筆者 難道是加害他們倆？

栗原 ……這就不知道了。但那家人在此之後，立刻突然搬走。這跟那天晚上的事有關的可能性很大。

秘密

栗原 啊，你還有時間嗎？不是晚一點還有約？

筆者 是的。我跟宮江女士約好三點見面。

栗原 宮江女士啊……其實這個星期，關於宮江先生的案子我做了許多調查。

——栗原先生從地板上撿起一本筆記本，劈哩啪啦地翻閱。

栗原 搜索當時的報紙和網路新聞，關於這件案子的記載還滿多的。其中有一點我很在意。

宮江恭一先生，似乎並沒有結婚。

筆者 咦？！

栗原 請看一下這個。

——他遞給我的筆記裡是當時跟案件有關的新聞摘要。其中一則可能是地方新聞報導吧。上面清楚地寫著：

「……被害者宮江恭一先生，未婚……」

筆者 但是……宮江女士確實說是她「先生」……

栗原 也可能是沒有登記的夫妻，或者只是有婚約。只不過，不要毫無戒心地信任她比較好。

＊＊＊

下午一點半，我離開栗原先生家。栗原先生說：「有事請跟我聯絡。」我走向車站。汗珠從額頭上流下來。不只是因為天氣很熱。我腦中充滿了各種複雜的思緒。

我馬上要去見的人。自稱「宮江柚希」的女士到底是什麼人？為什麼主動接近我？跟那一家人有什麼關係？還有郵件上寫的「有一件事情要跟您說」，會是什麼事呢？

我抵達車站。快車剛好駛入。就這樣去見她沒問題嗎？

下午兩點四十五分，我還沒想清楚，就到了約好見面的咖啡店。說實話我很不安。現在還來得及回頭。但是這樣的話，就無法得知真相了。

我下定決心，打開咖啡店的門。

我環視店中，她坐在裡面的座位上。看見我來了，她立刻起身打招呼。我緊張地走到桌邊。

略微寒暄之後，我刻意先不提那件事，先告訴她栗原先生的推理。有兩個小孩。夫婦溺愛浩人，以及平面圖配置真正的含意……我一面說，一面窺視她的反應。

一開始她還一面聽我說一面應和，但我說著說著她的臉色就漸漸僵硬起來。我說到那家人突然離開的時候，她說：「對不起，」然後像逃走一樣離開了座位。

很奇怪。從上次見面之後，就一直有這種感覺。

宮江女士對那家人的感情，不是對加害者的憤怒。

「想請您告訴我真相。」——臨別的時候她說的話我覺得很奇怪。
過了一會兒，她回來了。
雖然已經平靜下來，但眼圈是紅的。剛才是哭過了嗎？

筆者 您還好嗎？

宮江 對不起……

筆者 那個……我知道這麼問很沒禮貌……但宮江恭一先生和您是什麼關係呢？之前我看過關於案件的報導，上面寫著「宮江恭一先生未婚」。

——沉默了一會兒之後，她彷彿認命了一樣，輕輕吐出一口氣。

宮江 ……您知道了呢……非常抱歉欺騙了您。

筆者 那麼，果然……

宮江 是的。宮江恭一先生並不是我丈夫。我的本名，叫做……片淵柚希。是那家裡的人，片淵綾乃的妹妹。

姊妹

我搞不清楚狀況。眼前的女性，是那家裡的人的妹妹……

她說：「說來話長。」然後開始敘述前因後果。

我在一九九五年出生於埼玉縣。我父親是上班族，母親兼職打工，雖然並不富有，但我們生活得很安逸。算是有福氣的家庭。

我有一個大我兩歲的姊姊。

她叫做綾乃，又溫柔又漂亮，我引以為傲。姊姊也非常照顧我，我非常喜歡姊姊。

但是我十歲那年夏天，姊姊突然離開家了。有天早上我醒來，本來睡在我旁邊的姊姊已經不見了。不只她人不在，連她的床、書桌和衣服，總之跟姊姊有關的一切都不見了……我嚇了一跳去問媽媽，她只說：「**妳姊姊從今天開始就不是我們家的孩子了。**」除此之外什麼也沒跟我說。

我覺得很奇怪。突然成了別人家的孩子……就算是小孩，也知道這種事情不尋常。但是爸爸跟媽媽只要我提起姊姊，就會非常不高興。當時我沒有知識也沒有能力去尋找姊姊，只能接受這個事實。

即便如此，我沒有一天忘記過姊姊。每天晚上，孤獨地躲在床上哭泣。只要一直等待著，或許有一天姊姊會回來也說不定。抱著這點小小的期待，支撐著我繼續活下去。然而，這種自欺欺人的想法也無法繼續下去了。

姊姊離開之後，我們家就分崩離析。父親突然辭了工作，躲在家裡酗酒……二〇〇七年，因為酒醉駕車出了車禍身亡。

後來母親跟一個叫做「清次先生」的男人再婚，那個人非常專制，我無論如何也無法喜歡他。

當時正處於叛逆期，不管什麼事我都要唱反調，雖然我也有不對的地方，但漸漸地我跟母親的關係惡化了，高中畢業之後，我就離開了家。

在那之後，靠著前輩的門路在縣裡的公司找到工作，租了公寓，開始一個人生活。

過了二十歲，生活也安定下來，就不太常想起家人的事了。或許該說是我故意不去想吧。對我來說，不好的回憶實在太多了。

然而，二〇一六年十月，我突然收到了一封信。

是姊姊寄來的。

我們已經許多年沒有往來，收到信讓我非常驚訝。姊姊應該不知道我住在哪裡才對，大概是媽媽告訴她的吧。

信上用懷念的語氣寫著：「一直沒辦法和妳見面，非常寂寞。」「柚希過得好不好，我很擔心。」「希望有一天能見到妳。」等等。

總之姊姊還好好活著，讓我非常開心……

我本來想立刻回信，但並沒有寄件人的地址，所以我就打了姊姊信上留的手機號碼。

從電話中傳來的姊姊的聲音，比以前成熟了。但帶點鼻音溫柔的語氣並沒有改變。我好開心，結果那天聊了一個多小時。
我得知姊姊不久之前結婚了，住在埼玉縣。
她先生叫做慶太，選擇跟姊姊姓片淵。所以結了婚姊姊仍舊叫做「片淵綾乃」。她說現在家裡有些事情不方便招待，但總有一天會請我去玩的。
此外我們還聊了小時候的事情，以前要好的朋友，以及現在的興趣等等。

但是……關於那件事……就是那天姊姊為什麼突然離開家，無論我怎麼問，她都不肯告訴我。所以姊姊在此之前，都在哪裡做了些什麼，我完全不知道。
在那之後我跟姊姊常常聯絡。
其實我想跟她見面，但姊姊有自己的家庭，好像還有不能跟我說的事，所以就沒有強求。即使這樣，也比毫無音訊幸福太多了。
但是，有一天姊姊突然跟我說：「我生了一個小孩。」那時我真的覺得姊姊太見外了。我甚至連姊姊懷孕都不知道。
可能是養小孩很忙碌吧。後來姊姊就不再跟我聯絡。雖然很寂寞，但知道姊姊過著幸福快樂的生活，我就心滿意足了。

過了許久再度取得聯絡，是今年的五月。

那個時候我得知姊姊一家搬到東京去了。更驚訝的是，姊姊請我去她的新家。十三年沒見面的姊姊，仍舊有小時候的倩影，而且已經成為漂亮的人母了。她先生慶太好像是個非常溫和的人，兒子浩人跟姊姊長得一模一樣，非常可愛，在我眼中就是理想的家庭。

但是現在想來，有好些奇怪的地方。

「現在樓梯在修理，所以沒辦法上二樓。」他們這樣跟我說。然而新房子就需要修理，不是很奇怪嗎？我當時就這麼覺得。

然後就是……該怎麼說呢，姊姊夫妻一直都好像在害怕什麼似地，彷彿很緊張。那個時候感覺到的不對勁我沒有追究，現在依然很後悔。

再度和姊姊失去聯絡，是從她東京的家回來以後兩個月。

我打了好多次電話都聯繫不上，LINE也都未讀，我擔心是不是出了什麼事。我去他們東京的家，發現已經沒人住了。問了鄰居，說是幾星期前突然搬走了。

姊姊是不是有什麼嚴重的事情瞞著我呢……我有這種預感。回想起來，姊姊的舉止處處透著古怪。分明住得很近，卻不肯見面。還常常聯絡不上。突然就搬家。姊姊一定發生了什麼事。我非常坐立不安。

首先我去找了長久以來一直沒有往來的母親。我覺得母親可能會知道姊姊的下落。但是母親非常頑固，什麼也不肯跟我說。

我也去報過警，但只是突然搬家，並不能夠立案。就這樣把我趕走了。房地產仲介也說那是個人隱私，完全不能透露。

這樣的話，最後的希望就是以前姊姊住的埼玉住宅。或許姊姊他們搬回了以前的家也說不定。其實我心裡也覺得可能性很低，但除此之外我實在想不出辦法了。

我用姊姊最初寄來的信當線索，開始找尋。

雖然沒有寫回郵地址，但有當地郵局的郵戳。他們家應該就在郵局附近。最後見面的時候，姊姊說：「以前的房子正在出售中。」我查了一下，那個地區最近在賣的房子只有一棟。我就立刻過去，結果發現那裡已經變成一片平地了。

我沒有任何線索，正在走投無路的時候，突然看到了那篇報導。

看見平面圖的瞬間，我以為我的心臟要停止了。那是姊姊家，絕對不會錯。然後報導最後寫著：「發現的屍體只有左手掌沒有找到。」以前我好像聽說過類似的事件。

那是宮江恭一先生的案子。我在網路新聞上看過一次，「左手被斬斷」這種內容十分詭異，讓我印象深刻。

查閱了一下，發現宮江先生的家離姊姊家不遠。我有不好的預感。要是那篇報導裡寫的是真的可怎麼辦。

撰寫報導的人，要是看到埼玉住宅的平面圖，或許能有所發現。我這麼想著，於是跟您聯絡。

但是要是直接說我是「那家人的妹妹」，一定會讓人起疑，不肯跟我見面。但要是假裝成沒有關係的陌生人，或許會被當成是惡作劇……於是我就自稱是宮江恭一先生的妻子。

我真的做了非常失禮的事情。真的很抱歉。

她用顫抖的聲音，一再道歉。

筆者　請抬起頭來。……片淵小姐。我只是為了自己的興趣而寫那篇報導，對此我也在反省。要是能幫得上忙的話，我會盡力的。

片淵　非常感謝您……

預兆

筆者　但是聽您剛才說的話，我覺得小時候令姊的失蹤是一切的起源。要是小孩不見了，通常可能是被誘拐或是離家出走，但您父母都默認這個事實，確實有點不尋常。

片淵　我也這麼覺得。

筆者　令姊失蹤之前，有什麼像是預兆的事情嗎？比方說，家人的樣子很奇怪之類的。

片淵　這麼說來……不知道有沒有關係，但在那一週之前，我們全家一起去了祖父家住。那個時候有點……

筆者　發生什麼事了嗎？

片淵　是的……其實我的堂弟，意外身亡了。但是，那個……我怎麼想都覺得很不自然。因為——

——就在此時，店員來收空杯子，片淵小姐沒有說下去。我的手機在口袋裡震動。我看了一下，是栗原先生發來的簡訊。

「沒事吧？結束之後，請告訴我說了些什麼。」

——我考慮了一下。

筆者 那個，要是您不介意的話，跟栗原先生見個面好嗎？他或許能找出什麼線索也說不定。

片淵 可以嗎？要是不麻煩的話，請一定讓我跟他見面。

＊＊＊

離開咖啡店，我打電話給栗原先生，跟他說了我們要見面。他爽快地答應了，但是說「我的房子太亂，不能招待女性」，就選了一個地方。我們在那裡碰面。

共享空間

約好的地方是下北澤站前的綜合大樓。看板上寫著「共享空間出租」。

我們到達之後幾分鐘，打扮得比平常齊整的栗原先生來了。我們三個互相打了招呼，栗原先生似乎對片淵小姐抱著一點戒心。他還不知道她說謊的理由，感到不安是很自然的，所以才沒叫我們去他家吧。

我們在窗口辦了手續，被領到四樓的出租辦公室。我們三人圍著一張桌子坐下。首先得跟栗原先生解釋在此之前的經過。

我大概說明了一下，片淵小姐也補充了一些。栗原先生一面聽一面做筆記。

栗原　原來如此……是這樣的啊。

片淵　欺騙了您，真的非常抱歉。

栗原　沒事，沒事。但是這樣我終於可以放心了。不是「宮江女士」，而是「片淵小姐」吧？

片淵　是的。

栗原　那麼，就請您告訴我們好嗎？在令祖父家發生的事情。

片淵　我知道了。

2006	祖父母家堂弟意外（？）死亡 姊姊失蹤
2007	父親車禍身亡 母親再婚
2014	柚希獨立
2016	姊姊來信
2017	姊姊生下浩人
2018	姊姊一家搬到東京
2019	柚希造訪姊姊家 姊姊一家失蹤

第三章　記憶中的平面圖

對稱的住宅

片淵　那是二〇〇六年的八月。我們一家到了父親在〇〇縣（因故不透露詳細地名）的老家。那裡是在半山腰開拓出的廣大腹地上的古老民宅。周圍有幾棟公寓，我覺得應該沒有什麼人住。

我們每年夏天照慣例都會回去，但我並不喜歡去那裡。因為那棟房子，非常讓人不舒服。用言語解釋有點困難，請看一下平面圖。

——片淵小姐打開包包，拿出一張紙。上面是用鉛筆手繪的平面圖。

筆者　這是片淵小姐妳自己畫的嗎？

片淵　是的。我在網路上查了平面圖的畫法，然後靠小時候的記憶試著畫了一下。房間的大小只是個大概，門外漢畫的，你們看起來一定很難受吧。

——片淵小姐不好意思地說。栗原先生拿過那張紙，仔細地看著。

栗原 不會啊。這平面圖畫得很不錯呢。難為妳記得這麼清楚。

片淵 我的記憶力其實不太好，但這棟房子的格局很有特色，所以一直記得。

——中間是長長的走廊，左右對稱的房子。果然很有特色。後來才知道這種形狀是有原因的。片淵小姐一面看著圖面，一面回憶屋裡的裝潢。

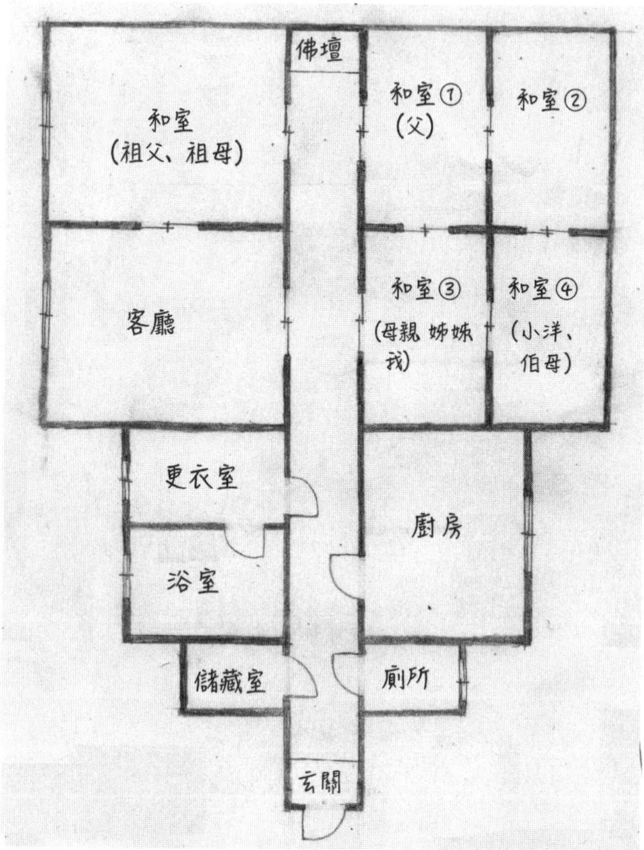

片淵　從玄關走進去，正面就是陰暗的走廊，一直延伸到屋內深處，可以看見盡頭是一座很大的佛壇。房間則是從最近的儲藏室、廁所、浴室，到廚房；裡面則是鋪著榻榻米的和室。

正面左手邊的客廳是大家一起吃飯的地方，隔壁是祖父和祖母的房間。祖父叫重治，祖母叫文乃，他們一天大部分時間都待在自己房間裡面。

右手邊的房間則分為四間，每一間大概六張榻榻米大小。房間的號碼是我為了方便說明加上的。

①號是我父親的房間，③是母親、姊姊和我睡覺的地方。②是空房，④是伯母美咲和她兒子小洋的房間。

筆者　小洋，是不是就是您意外死亡的堂弟？

片淵　是的。比我小三歲的男生。本名叫做「洋一」。

——我發現平面圖上並沒有小洋父親的房間。

筆者 對了，小洋的父親呢？

片淵 在那之前半年，生病去世了。他叫做公彥，是這家的長男。結婚之後仍舊住在老家，照顧祖父母。他好像心臟一直不好……就在孩子馬上要出生的時候去世了，真的非常遺憾。

筆者 孩子……？

片淵 其實當時美咲伯母懷著第二胎，肚子已經很大了，隨時都可能生。

筆者 孩子就成了公彥先生的紀念吧。

片淵 是的。懷孕的時候丈夫去世，我覺得伯母一定很難過。然後小洋又出了那種事……

——父親病死之後半年，長男意外身亡。說是偶然，還是覺得彷彿有什麼因果關係。

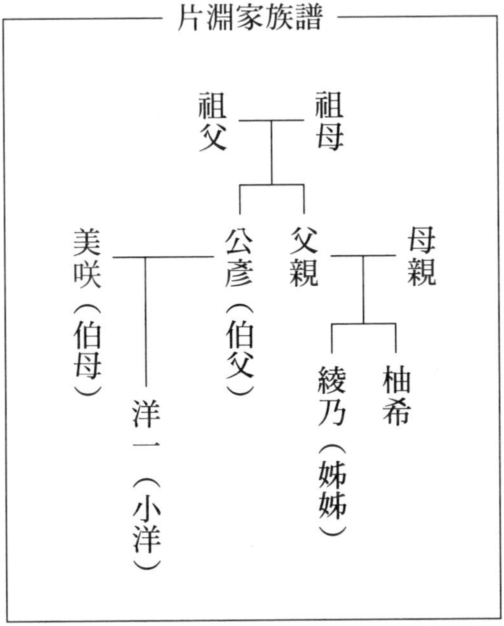

——就在此時，栗原先生指出了一點。

栗原　片淵小姐，小洋的房間，沒有窗戶嗎？

筆者　咦？

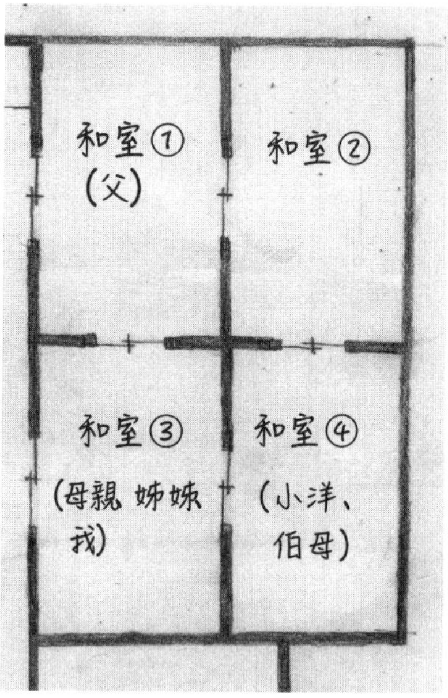

——定睛一看，和室④並沒有窗戶的記號。而且還不止於此。

筆者　右邊的四間和室，全都沒有窗戶呢。

片淵　是的。我畫圖的時候才想起來。這麼說來，要是不開燈，白天也是一片昏暗。小時候不覺得奇怪，所以一直都沒有想起來……

栗原　「沒有窗戶的房間」，會讓人把**兩棟房子**聯想在一起。是有什麼關聯嗎？

片淵　我也這麼覺得。但是不管怎麼回想，除了沒有窗戶之外，其他奇怪的地方……並沒有通道開口或是密閉的空間、當然也沒有感覺到有人被監禁。只不過……

栗原　只不過……？

片淵　只有一個地方。有一扇**拉不開的紙門**。

——片淵小姐指著和室①和②的中間。

片淵　只有這裡的紙門是怎麼也拉不開的。要說是上了鎖，但到處都找不到鎖孔。

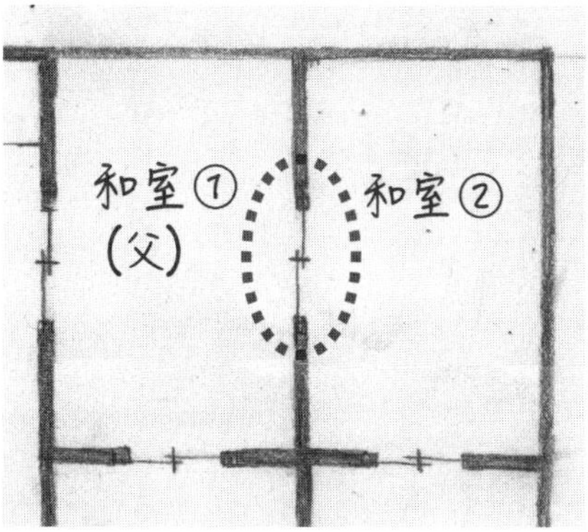

筆者　這麼說來，其他的紙門呢？
片淵　其他的紙門開關都沒問題。
筆者　這樣的話，就沒有哪個房間無法進入了。
片淵　對。只不過，要進入和室②的話，一定要經過③和④。這樣很不方便，所以和室②好像一直都沒有使用。
栗原　所謂「一直」，意思就是說那扇紙門從以前就不能打開嘍？
片淵　好像是的。只不過這棟房子已經很老了，是從什麼時候開始不能打開的，我就不知道了。
筆者　那這棟房子是什麼時候建造的呢？
片淵　我聽說是昭和初期。
筆者　那算歷史悠久了。
片淵　是的……其實這棟房子，以前是大宅邸的一部分。
筆者　大宅邸？！

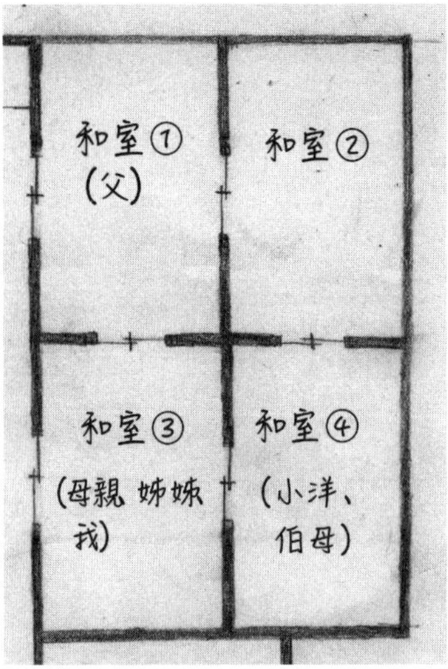

片淵小姐說：「稍微偏離一下主題。」然後開始講述這棟房子建造的經過。

片淵 這是我聽祖父說的。片淵家在二次世界大戰前，經營許多事業賺了大錢，巔峰時期住在很大的宅邸裡，雇用了非常多的傭人。

然而有一代的當家突然把事業的經營權讓給別人，在大宅腹地的角落建了一間小屋，然後自己隱居在那裡。從那時起片淵家就漸漸沒落，到了昭和中期，大宅邸幾乎已經完全破落拆除了。

在那之後，片淵家的子孫就改建了唯一留下來的小屋，在那裡儉樸地過日子。

筆者 那間小屋就是這棟房子吧？

片淵 是的。那位當家的好像迷上了某種宗教，屋子左右對稱就是為了合乎教義的樣子。

栗原 但是那個人為什麼要隱居起來還沉迷宗教呢？

片淵 據說好像是夫人早早去世，他得了心病。小屋或許是為了供奉夫人才建造的也說不定。

最裡面有佛壇。這座佛壇好像就是供奉他夫人的。佛壇跟走廊一樣寬，完全沒有空隙，緊緊地嵌在中央。不知道佛壇是依照房子的尺寸做的，還是房子是環繞著佛壇建造的；但這棟房子本身就像是一座巨大的佛壇。

——巨大的佛壇……這座佛壇確實像屋子的主人一樣，盤據在中央。

片淵 我每次去祖父家，都覺得這座佛壇很可怕。真的是很嚇人的佛壇。大得要讓人仰望，發出詭異的黑光，家裡就這個東西顯得格格不入。祖父腿腳不方便，每天幾乎都躺在床上，但卻每

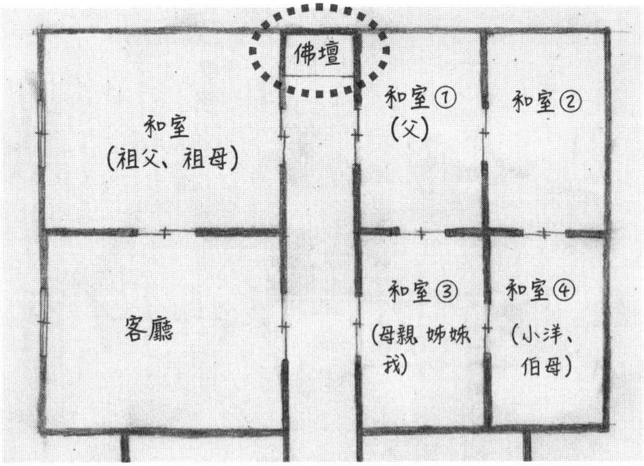

天都會打掃佛壇。有一次祖父讓我幫忙打掃，那個時候我第一次看見了佛壇的「內部」。

平常關閉的觀音門裡面，是從未見過的佛具和曼陀羅模樣的繪畫，我記得看起來非常詭異。其實……

——片淵小姐遲疑了一下。沉默了幾秒鐘之後，她低聲開口。

片淵　其實，**小洋就是死在這座佛壇前面**。

小洋死亡的地點

筆者 佛壇前面？

片淵 是的。那是我們去住的第三天早上。應該是清晨五點左右吧。美咲伯母非常慌亂地把我們都叫起來。我們都到走廊上，看見小洋面朝上倒在佛壇前面。臉色慘白，頭上有凝固的深色血跡。摸他的身體，都已經冷了……本能就感覺到「小洋已經死了」。

後來家庭醫生來了，正式宣告死亡。美咲伯母說：「要是早點發現他就好了。」她崩潰大哭的樣子我現在還記得非常清楚。

筆者 從現場狀況看來，小洋是從佛壇上面摔下來摔死的……是這樣嗎？

片淵 應該是這樣吧。家人也都這麼說。「爬上佛壇去玩耍，中途踩空了摔下來的。」但是我覺得這實在太不合理了。因為這個佛壇，並不是一個小孩能夠自力爬上去的高度，

——片淵小姐在平面圖的邊緣用鉛筆畫了簡單的圖。

片淵 中段的高度，應該跟我當時肩膀一樣高。所以應該有一公尺以上。下面又沒有可以踏腳的地方，至少我是爬不上去的。小洋比我矮，又不擅長運動，我不覺得他自己一個人能爬上佛壇。

筆者 原來如此。

片淵 而且，小洋非常害怕那座佛壇。我也很害怕，但小洋害怕的樣子有點奇怪。他在走廊上的時候，完全不朝那個方向看。所以說小洋會自己爬上佛壇去玩……我完全無法想像。

栗原 您家裡的人，沒有人提出疑點嗎？

片淵 沒有。大家好像都相信是意外。不只如此，我想把自己的疑惑說出來，大人就生氣地說：「小孩子不要多嘴。」完全不肯聽我要說什麼。

栗原 順便問問，醫生是怎麼說的呢？

片淵 細節我不記得了，但說是撞到頭，腦部受了傷的樣子。

筆者　就是腦挫傷吧。

栗原　沒有人懷疑死因嗎？

片淵　什麼都沒有說。但是那是祖父的醫生，自己都腳步不穩，話也說不太清楚……到底能不能信任，我實在不知道。

栗原　那警察呢？

片淵　沒有報警。美咲伯母提過一次說：「請警察來勘驗一下現場可能比較好。」但是大家都反對，所以她就放棄了。可能只有伯母注意到小洋的死因有疑點也未可知。

筆者　就算是在家裡，意外死亡通常也會報警的吧。為什麼大家都反對呢？

片淵　我不知道……但是，不知怎地，大家好像都在隱瞞什麼一樣。我有這種感覺。

栗原　是不是有不能報警的原因呢？

片淵　……

筆者　……

——三個人都沒有說出口，但大家顯然都在考慮**這種可能性**。要不是意外死亡的話，那就是自殺，或者是**謀殺**。從片淵小姐的話看來，這家人的態度明顯有問題。是在保護什麼人呢？到底是誰，為了什麼……？

時間之謎

栗原　醫生不能相信、也沒有人檢驗現場，這樣我們的線索只有片淵小姐的記憶了。片淵小姐，能告訴我們小洋死亡前一天的情況嗎？

片淵　好的。那天早上我們一起去給公彥先生掃墓。說是大家，但是祖父留在家裡沒有出門。回程路上我們去購物，還去了公園，回家的時候已經傍晚了。

大家吃了晚飯，輪流去洗澡，然後回自己房間。我、姊姊和小洋在和室③玩遊戲。過了一會兒，小洋好像睏了，就回自己的房間（④）去了。現在想起來，那是我最後見到小洋。

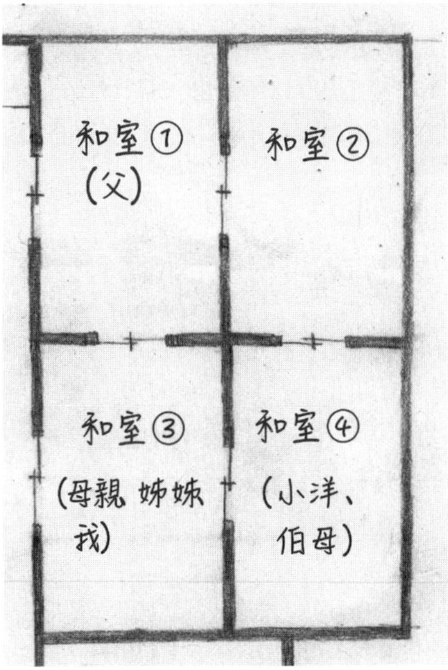

栗原 您記得那時候大概是幾點嗎？

片淵 應該是……電視上在播NHK的晚間新聞，所以應該是快要九點吧。然後我又跟姊姊玩了大概半小時的遊戲，媽媽說：「快點睡覺吧。」我們就鑽進被窩了。姊姊馬上就睡著了，我不知怎地完全睡不著。結果一直醒著到凌晨四點。

栗原 在這期間，發生過什麼不對勁的事情嗎？比方說，有人進入房間之類的。

片淵 沒有。我醒著的時候，什麼事情都沒發生。

栗原 這樣啊……

——栗原先生思索了一下，用筆指著平面圖說道：

栗原 片淵小姐，①和②之間的紙門，是打不開的對吧？

片淵 對。

栗原 這樣的話，小洋要到走廊上，就一定要經過片淵小姐所在的房間。但是，片淵小姐醒著的時候，沒有人進入房間。也就是說，小洋是在片淵小姐睡著之後，也就是四點之後才死亡的。遺體是在五點左右發現的，那死亡時間推算是在四點到五點之間。

——栗原先生的話，讓我覺得有點不對勁。這跟之前聽到的內容有所矛盾。我回想了一下幾分鐘前的話，想到了一件事。

筆者 不好意思，片淵小姐。剛才您說發現小洋屍體的時候，「摸他的身體，都已經冷了。」

片淵 是的。

筆者 我以前採訪外科醫生的時候聽說過，人死了之後，體溫要過一段時間才會下降。要是沒有大量出血，通常要花**大約兩個小時**才會冷卻。小洋流了很多血嗎？

片淵 只有頭上的傷口有一些血跡，並沒有很多血……咦？這樣的話……

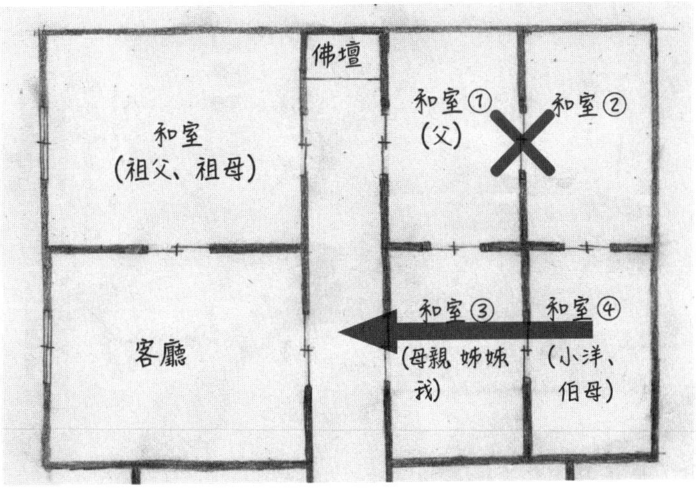

筆者 小洋死亡的時間，是發現至少屍體兩個小時之前，也就是三點以前。

片淵 但是……

栗原 那個時候，小洋應該在房間裡才對，這就矛盾了。

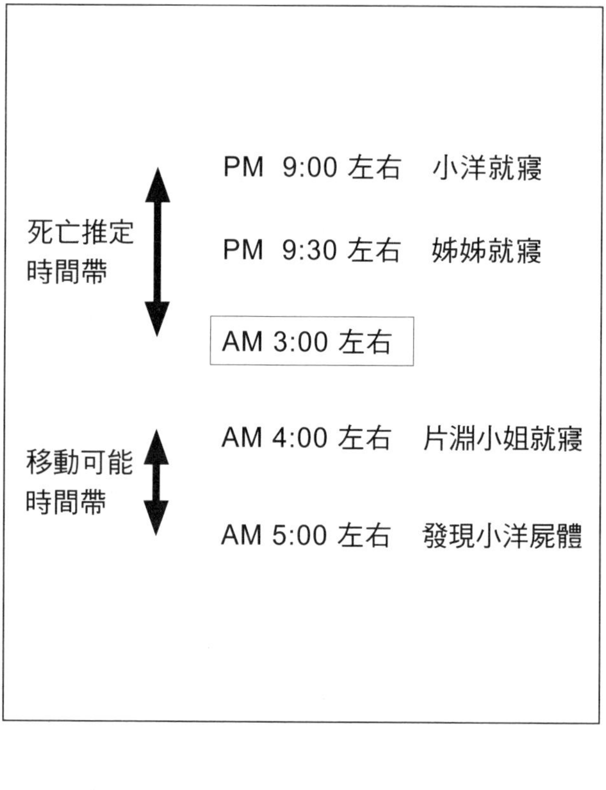

死亡推定時間帶	PM 9:00 左右　小洋就寢
	PM 9:30 左右　姊姊就寢
	AM 3:00 左右
移動可能時間帶	AM 4:00 左右　片淵小姐就寢
	AM 5:00 左右　發現小洋屍體

——小洋沒有經過片淵小姐的房間，就去到了走廊上的佛壇前。這是怎麼辦到的？我們看著平面圖，思索了一下。

栗原 有一種可能。

片淵 咦？

栗原 要是認定小洋是從佛壇上跌下來摔死的，那時間就對不上。但是，小洋要是**死在房間裡面**的話，又是如何呢？

筆者 房間裡面？

栗原 三點之前，小洋在自己房間裡撞到頭死亡。然後四點之後，有人把小洋的屍體搬到佛壇前面。這樣的話就說得通了。

筆者 確實如此……但是誰為了什麼要這麼做呢？

栗原 很可能是**犯人要偽裝死因**。

——犯人……也就是說……

筆者　這果然不是意外，而是殺人案。

栗原　雖然沒有確切的證據，但只能這麼想了吧。

栗原　犯人在和室④，用鈍器之類的東西敲打小洋的頭部，殺害了他。然後把他留在房裡，等到四點和五點之間，才把他搬到佛壇前面，偽裝成失足跌落的意外。

片淵　原來如此……

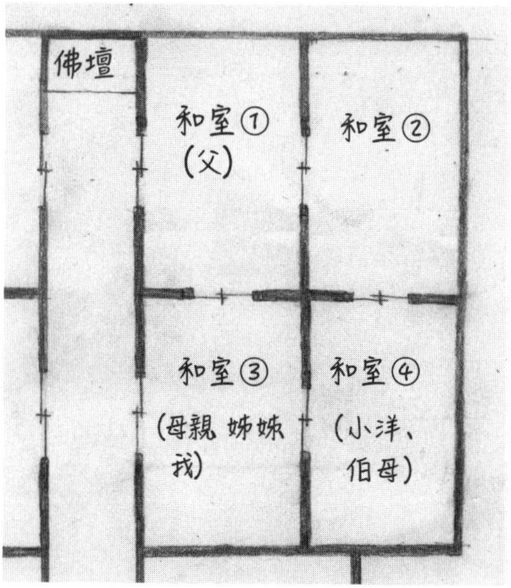

栗原　……我是很想這樣說啦。

筆者　咦？

栗原　我自己說了，這個推理並不完美。有**兩處漏洞**。第一就是犯人。要是按照這個推理，犯人就是跟小洋睡在同一個房間的美咲伯母。當然不能確切地說「因為是他母親所以不可能是犯人」，但伯母是所有人裡唯一想要報警的，因此她是犯人的可能性很低。

然後另外一個漏洞，是聲音的問題。小洋若是在房間裡被害，就在隔壁的片淵小姐應該會聽到聲音。片淵小姐，您當時有聽到什麼聲音嗎？

片淵　沒有。一直都很安靜。

筆者　這樣的話……

栗原　小洋就不是在房間裡遇害的。我的推理有一半不正確。但是，**犯人把屍體放在佛壇前面，是為了偽裝死因**，這一點應該是沒錯的。

總結一下。犯人把小洋帶出房間，在家裡某處殺害。然後把屍體放在佛壇前面。問題是犯人怎麼把小洋從房間裡帶出去的，又是在哪裡行兇的呢？

——這個時候，片淵小姐好像想起了什麼。

片淵　這麼說來……祖母說過半夜聽到聲音。

筆者　聲音？

片淵　是的。她說：「半夜一點左右，隔壁的房間『咚』地響了一聲，把我吵醒了。我起來去察看，並沒有什麼異狀。那個時候，佛壇旁邊並沒有人。」佛壇那裡沒有人的話，就跟小洋的意外沒有關係，所以大家都沒在意。

栗原　所謂隔壁的房間，是客廳嗎？

片淵　我覺得應該是吧。

——怎麼回事呢？祖母說的話讓我覺得怪怪的。我望著平面圖，注意到**某個地方**。

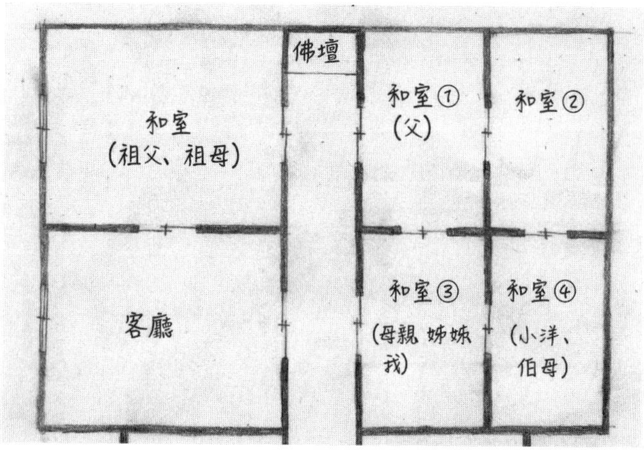

筆者　那個，為什麼祖母去客廳要經過走廊呢？

片淵　咦？

筆者　祖母要察看隔壁房間的動靜時，說了「佛壇旁邊並沒有人」。也就是說，她經過走廊。祖母的房間跟客廳之間是有拉門的。分明可以直接進入客廳，卻特地繞道走廊，我覺得很奇怪。

片淵　的確……這樣的話，或許「隔壁房間」，指的是右邊的和室吧。

筆者　那就是和室①，令尊休息的房間了。真是這樣的話，令尊對祖母說的話應該會有所回應才對。

片淵　這樣啊。

筆者　栗原先生……你覺得如何？

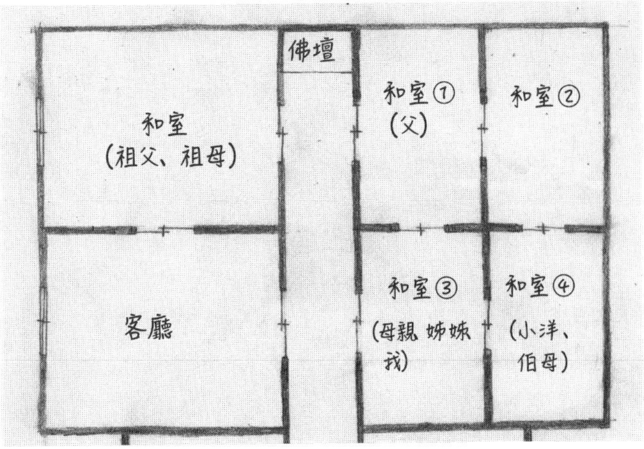

——栗原先生一言不發地盯著平面圖。過了一會兒，他靜靜地開口。

栗原　你說得沒錯，確實如此。所謂「隔壁房間」，既不是客廳，也不是右邊的和室。

片淵　但是，這棟房子裡還有什麼地方能叫做「隔壁房間」呢……

栗原　應該是**這張平面圖上沒有畫出來的房間**吧。

片淵　咦？

隱藏的房間

筆者 沒有畫出來的房間，是什麼意思？

栗原 這張圖是「片淵小姐記憶中的房屋格局」。片淵小姐沒看到的，**隱藏的房間**，當然沒有畫出來。

筆者 這棟房子裡有隱藏的房間……？

栗原 綜合我們之前得知的訊息，只能得到這個結論。

——栗原先生拿起鉛筆，在平面圖上加了一條線。

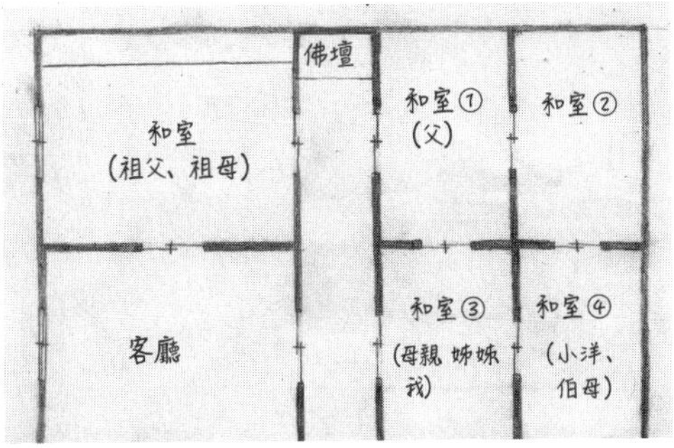

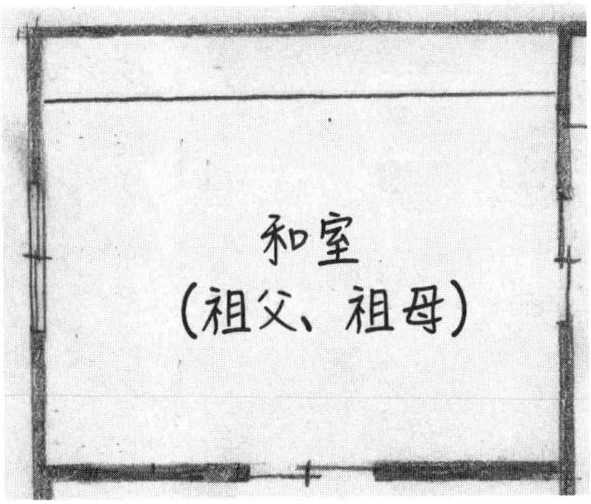

筆者　這是……

栗原　祖母房間隔壁，可能有牆壁圍住的隱藏房間。

筆者　確實那是「隔壁房間」，但為什麼在這個位置？

栗原　很簡單。房間是四方形，只有四個邊。

東・西・南・北四邊。

祖母的房間除了一邊之外，都有紙門或是窗戶。要是有隱藏的房間，那就只能在沒有紙門也沒有窗戶的位置了。

筆者　但那是什麼房間呢？

片淵　………監禁的房間。

筆者　咦？

片淵　要是這棟房子跟東京和埼玉的房子**目的相同**的話，某處一定有監禁的房間。

栗原　我也是這麼想的。然後監禁房間裡關著跟「A

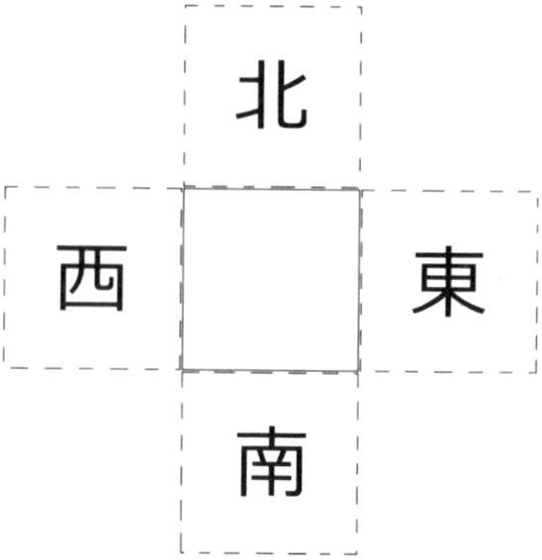

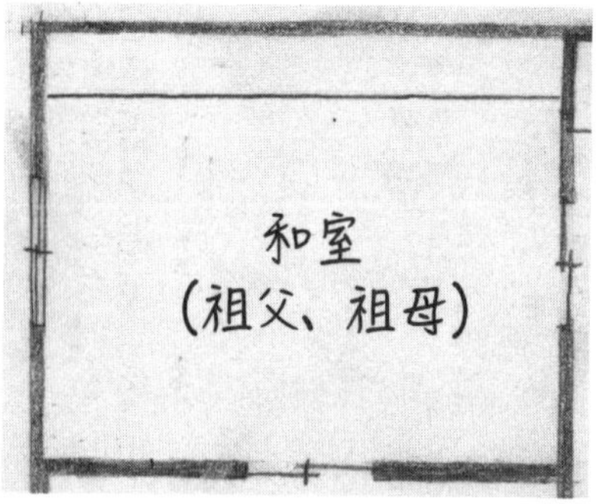

君」有同樣遭遇的小孩。

——A君……為了殺人而養育的孩子。也就是說這棟房子也是……這麼一來，不由得把小洋跟浩人聯想在一起了。

筆者 難道那個孩子把小洋……？

栗原 不，這個可能性很低。被監禁的孩子逃出房間，殺害小洋，放在佛壇前面……很難想像吧。可能是某人為了某種目的，把小洋帶到監禁的房間，在那裡殺害了他。

筆者 但是這個房間，要怎樣出入呢？

栗原 祖母為了去「隔壁房間」，來到走廊上。也就是說，入口在走廊上的某處。這樣的話，連接走廊跟隱藏房間的地方，只有一個。就是**佛壇**。

片淵 咦？！

栗原 片淵小姐，剛才您說過佛壇「**跟走廊一樣寬，完全沒有空隙，緊緊地嵌在中央**」。這座佛壇，本來應該是這樣的吧？

——栗原先生重新畫了平面圖。

筆者 佛壇後面，有空間……？

栗原 通往隱藏房間的門用佛壇擋著。佛壇「大得要讓人仰望」吧。小時候的片淵小姐是看不到後面的空間的。

片淵 但是，要怎麼才能進去呢？祖母不可能爬上佛壇翻過去的啊。

栗原 佛壇裡面有很大的曼陀羅圖樣吧？畫的後面應該有隱藏入口。打開入口，進入佛壇後方，就可以進入監禁房間。然後，知道這個構造的人，把小洋帶到那裡去殺害了。

筆者 為什麼要特意帶到那裡去？

栗原 這個理由，正是這次事件，也是解開這個家族之謎的關鍵。

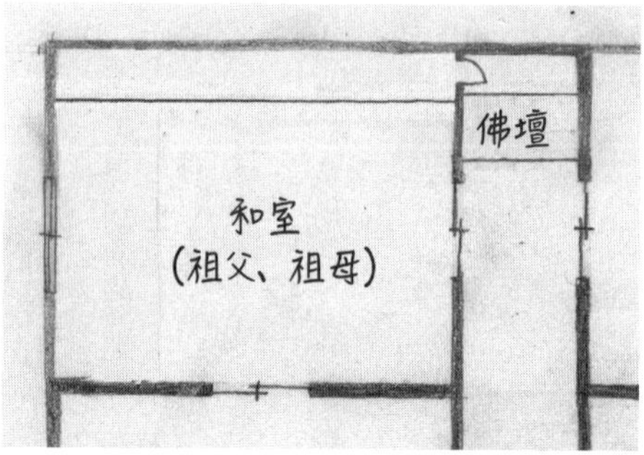

真正的模樣

栗原　我們依照順序來思考吧。

凌晨一點左右，犯人把睡著的小洋從房間裡帶出來。問題在於要怎麼不經過和室③，侵入和室④。犯人利用了這棟房子的設計。

這棟房子的設計……換句話說，就是**殺人屋**的設計。東京和埼玉的房子裡，監禁房間和殺人現場有秘密通道相連。這棟房子裡也有相同的設計。那麼，這裡的「**殺人現場**」是在哪裡呢？片淵小姐，和室②一直都沒有使用，對吧？

片淵　是的。

栗原　這點我很在意。小洋跟伯母住在和室④。小洋年紀也夠大了，和室②拿來當書房，或是玩耍的房間都可以。但是為什麼空著不使用呢？那是因為這個房間是為了**某種目的**而建造的。這個房間八成跟東京和埼玉的房子裡的浴室一樣。也就是說，是**殺人現場**。

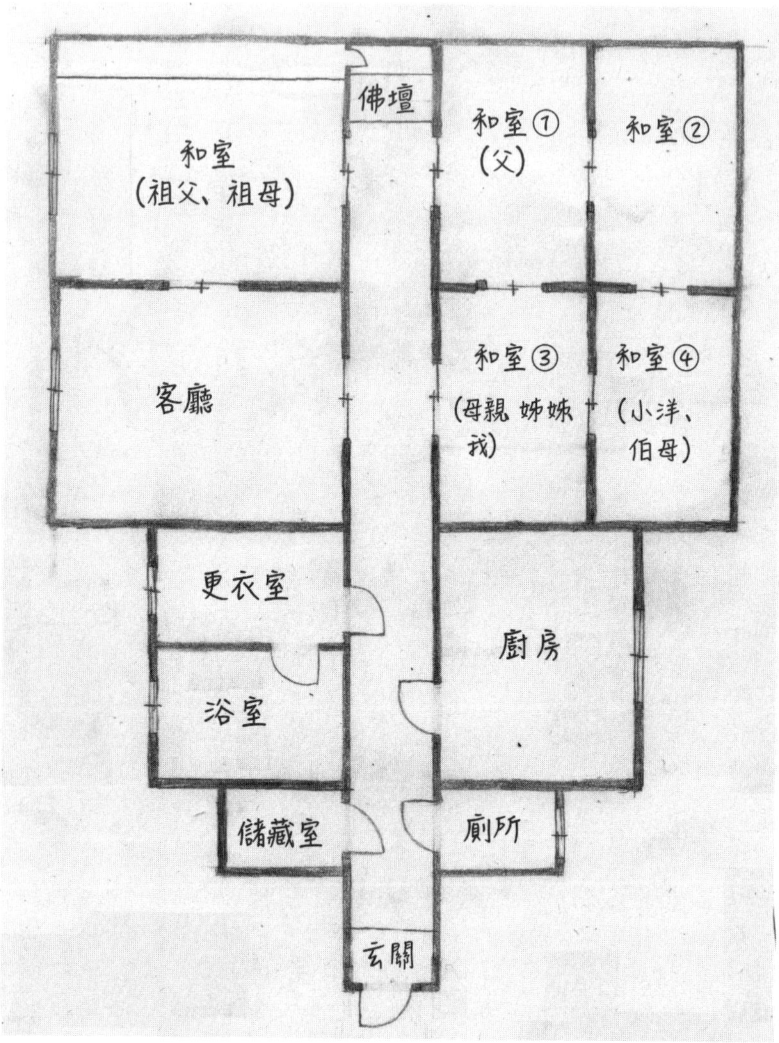
佛壇
和室
(祖父、祖母)
和室①
(父)
和室②
客廳
和室③
(母親 姊姊
我)
和室④
(小洋、
伯母)
更衣室
浴室
廚房
儲藏室
廁所
玄關

要是這樣的話，也一定有從監禁房間通往這裡的**秘密通道**。當然，這張平面圖上看不出來。但是很容易推斷。

——栗原先生用鉛筆開始畫圖。

栗原 像這樣。佛壇的後方兩邊都有空間。左邊是監禁房間。然後右邊是通往殺人現場的密道。犯人從這裡經過和室②，進入小洋的房間。

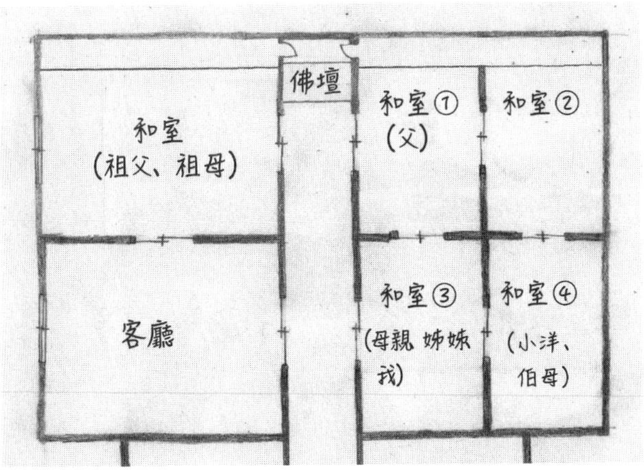

片淵 但是從這條密道怎麼進入和室②呢？和室②沒有門，也沒有隱藏入口啊。

栗原 很可能門是用**某種方法**隱藏起來了。

——栗原先生用鉛筆指著「打不開的紙門」。

栗原 這扇紙門，真的打不開嗎？難道不是從**內側**鎖上了嗎？

片淵 內側？

栗原 片淵小姐，將您畫的平面圖一再重畫，真的不好意思。但這是最後的修正了。

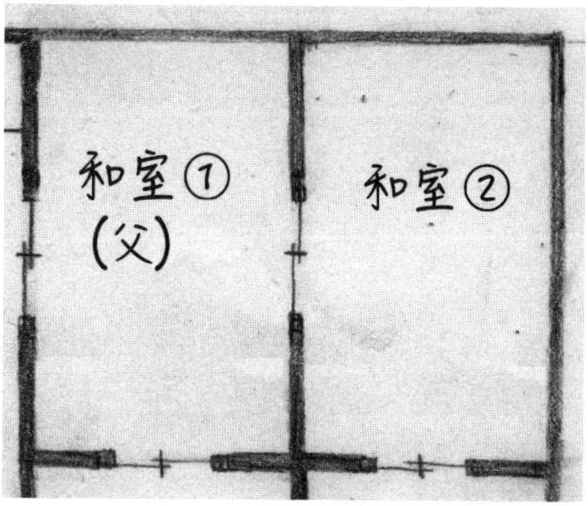

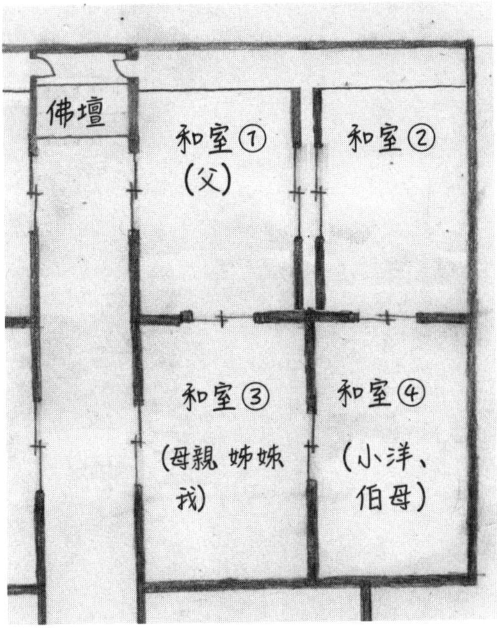

——栗原說著把打不開的紙門重新畫成這樣。

栗原　這就是這棟房子真正的模樣。紙門有兩重，中間有狹窄的空隙。紙門內側上了鎖。外側看起來是一組「打不開的紙門」。片淵小姐是被這個設計騙了。

片淵　……！

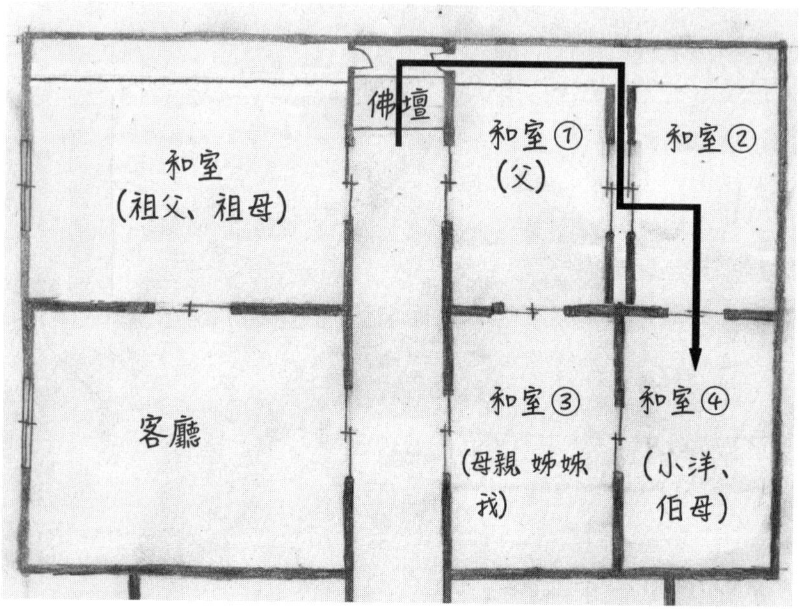
佛壇
和室
(祖父、祖母)
和室①
(父)
和室②
客廳
和室③
(母親 姊姊
我)
和室④
(小洋、
伯母)

栗原 想像一下在這棟房子裡發生的事。家裡的人請目標到家裡來，住在和室②。看好時機，給監禁房間裡的小孩發送暗號。小孩沿著密道來到兩扇紙門中間的空間。然後用鑰匙開門，殺死房裡的客人。

一切都一樣。那兩棟房子，跟這處老宅的設計，應該都是**繼承來的**吧。

片淵 怎麼會這樣⋯⋯

栗原 犯人利用這種設計，想辦法殺害了小洋。

犯人來到走廊上，從佛壇進入密道，經過和室②，侵入和室④，然後帶走睡著的小洋，從來路回去，進入監禁房間，在那裡殺害小洋。

筆者 為什麼要在監禁房間動手？

栗原 理由有兩個。

不能吵醒小洋。小洋要是醒了，發出聲音的話，計畫就泡湯了。所以沒有時間到遠處再動手。至少沒有通過佛壇狹窄小門的餘地。

是為了掩飾殺人的聲音。

這條秘密通道，連接了好幾個房間，不管在哪裡動手，一定會有人聽見。最需要避免的就是吵醒美咲伯母。伯母要是醒了，就會發現小洋不在。

所以必須在離美咲伯母的房間最遠的地方，也就是監禁房間動手。但是這樣也要冒著被關在那裡的小孩看見的風險，所以甚至有可能是在門前動的手。

不管怎樣，被吵醒的祖母，從聲音方向判斷是「監禁房間裡的小孩有動靜」。祖母從佛壇的暗門去看監禁房間的動靜。犯人應該有料想到這一點。於是在祖母出現前，抱著小洋的屍體，沿著密道回到和室②躲藏。祖母確認沒有異常之後，回房去了。犯人就從佛壇的暗門來到走廊上。然後把屍體放在佛壇前面，回到自己的房間。接著就是等屍體被人發現。

筆者 ……理論上來說可以理解，但會不會太勉強了？這計畫實在太不周密……要是警察來調查，一定會出現各種破綻的。

栗原 是啊。所以犯人為了**不讓警察來，才把小洋的屍體放在佛壇前面**。

筆者 這是什麼意思？

栗原 請想像一下。要是警察來了，一定會徹底調查案發現場周圍。當然也會調查佛壇。這樣的話，密道、監禁房間、小孩的存在等等，對片淵家不利的一切事實都會暴露。對片淵家的人來說，這是絕對不可以發生的。

也就是說，犯人確信只要假造出「小洋從佛壇上失足摔下死亡」的樣子，這家的人就不會報警。

片淵　這樣啊。所以美咲伯母說要報警的時候，大家都拚命阻止。

栗原　可能大家都發現小洋並不是意外死亡的。但是，為了保住這個家的秘密，刻意製造「意外死亡」的假象。但是小洋的母親卻不瞭解這個默契。即便如此，從犯人的立場看來，這反而有利。只要拿「這個家的秘密」當把柄，大家一定會阻止伯母報警的。

筆者　那到底是誰會這麼做呢？

栗原　我們用消去法推理吧。

首先，跟片淵小姐同房間的母親不可能犯罪。腿腳不方便的祖父、跟祖父同房間的祖母也不可能。當然兩人或許是共犯，但這樣的話，祖母就不會說出「半夜被聲音吵醒」這種毫無意義的話來。也就是說……

片淵　是我父親……下的手吧。

——片淵小姐說。突然發現父親是殺人兇手這個事實，不可能保持平常心。但是，她的表情卻比我想像中要平靜。

片淵 確實在這次事件之後，我父親就越來越奇怪了。關在房間裡閉門不出，開始酗酒……老實說，我也曾經偷偷地想過，小洋的死是不是跟父親有關係。

筆者 但是，動機是什麼呢？

片淵 回想起來，我幾乎沒有看過他們兩個單獨說話。即便如此，我也不覺得父親討厭小洋。……對我來說……實在難以想像。

栗原 或許可能是跟繼承問題有關。

片淵 繼承問題？

栗原 雖然說片淵家沒落了，但以前也是名門望族。也就是說，可能有「繼承人」非常重要這種想法。片淵家有三個孫輩。小洋、令姊和片淵小姐。這三個人之中，有人要繼承片淵家。

小洋是男孩子，最有可能由他繼承。但是要是小洋死了，那繼承人就可能是令姊，或是片淵小姐。以長幼順序來說，身為長女的令姊優先。令尊可能因為某種原因，希望令姊繼承片淵家吧。

——姊姊結婚的時候，先生的確跟著她改姓片淵。「入贅」而「繼承家業」。但是……

筆者 為了這種事情，就下手殺害自己的姪兒嗎？

栗原 片淵家不是普通人家。可能有我們無法想像的內情也說不定。這並不奇怪。

筆者 無法想像的內情嗎……

栗原 這樣想來，令姊突然離開家的原因也可以推測出來了。令姊可能是在那個家裡被**洗腦**了吧。

筆者 洗腦？

栗原 片淵家代代都在那棟房子裡殺人。雖然不知道是為什麼，但那是他們的傳統。令姊被迫背負了那個使命。

然而，在普通環境下長大的人，突然接到「從今天開始利用小孩殺人」這種指示，不可能做得到。所以片淵家的繼承人從小就被關在那棟房子裡，被迫接受「殺人」的洗腦。當然啦，這只是我的猜測而已。

——就在此時，門外傳來「時間快到了」的聲音。看來租賃會議室的時間要結束了。

我看了手錶，已經過了六點。我們就此打住討論，急忙準備離開。

＊＊＊

走到外面，街燈已經亮了起來。我們三個人一起走向車站。

筆者　對了，片淵小姐，令祖父母還健在嗎？

片淵　我不知道。小洋去世之後，我再也沒有回去過。我離家獨立生活，除了姊姊沒有跟任何人聯絡。

筆者　這樣啊……

片淵　但是，聽了今天的推論，我決定要回祖父母家一趟。

筆者　您知道在哪裡嗎？

片淵　不知道。但是我母親一定知道的。我會再去找她。這次一定要問她姊姊的事……要她告訴我真相。姊姊現在應該仍舊痛苦地在某處生活著。我一定要幫她。

走了一會兒，車站到了。

星期天的晚上，人並不多。

我們在票閘前道別。

突然的聯絡

我到家已經八點多了。今天真的很累，連食慾都沒有。我想洗個澡睡覺時，電話響了。是片淵小姐打來的。

筆者 喂？發生什麼事了嗎？

片淵 那個……其實……

——她的聲音聽起來有點緊張。

片淵 剛才跟您們分手之後，我母親打了電話來。她說：「妳姊姊的事情，我有話要跟妳說。我們見面談吧，越快越好。」……所以明天晚上，我就要去母親家了。

筆者 真的很突然啊。

片淵 是的。所以……我知道這是個不情之請，要是方便的話，您能跟我一起去嗎？

筆者　咦？我……去令堂家？

片淵　是的。當然，如果您忙的話，絕對不勉強。

——我查了一下行事曆，明天晚上並沒有約。

筆者　我可以去沒問題……但是我跟您去真的好嗎？令堂應該是想跟片淵小姐您私下見面吧？

片淵　沒關係的。我已經跟母親說過了。而且……我自己絕對希望您能一起去。在此之前這麼多年都關係惡劣，不讓我進家門的母親，突然說「想要見面」，我覺得非常不自在。說來慚愧，自己一個人去我很不安……

筆者　……我明白了。要請栗原先生一起去嗎？

片淵　要是不麻煩的話。

我們講好了碰面的時間地點，掛了電話。

我跟栗原先生聯絡，他說：「我很想去，但是有工作無法分身。」明天是星期一，栗原先生要上班，確實有困難。雖然這樣少了些底氣，但也是沒辦法的事情。

最後他加上一句：「事情結束之後，請跟我詳細說說。」

第四章　禁錮之家

信函

次日下午五點，我在大宮車站和片淵小姐會合。

片淵 每次都這樣麻煩您，真的非常抱歉。

筆者 完全沒問題。我也很擔心令姊的情況。對了，令堂住在哪裡呢？

片淵 熊谷。從這裡只要搭高崎線就可以直達。

在電車上我聽片淵小姐講述了她母親的種種。

片淵（娘家姓松岡）喜江女士，生於島根縣。結婚後搬到埼玉縣。再婚的對象已經離婚，現在自己住在熊谷的公寓裡。

過了三十分鐘電車到站了。

出了車站走了一會兒，就看見喜江女士住的公寓。片淵小姐深呼吸了好幾次，想鎮定下來。

搭電梯到五樓，從裡面倒數第二扇門。門上的名牌是「片淵」。片淵小姐再度深呼吸，然後按下門鈴。過了一會兒，門就開了。

喜江女士出來迎接我們。她大約五十來歲，體型嬌小。看見我她說：「麻煩您大老遠過來，真的非常不好意思。」她深深鞠躬。然後她瞥了片淵小姐一眼，兩人都尷尬地轉移了視線。

我們走進客廳，我看見電視櫃上擺設的木製相框。是以前的數位相機拍攝的那種低畫質全家福。場所似乎是遊樂園。年輕的喜江女士跟看起來似乎是她先生的男性。夫婦之間有兩個少女比著勝利的手勢。應該就是片淵小姐跟姊姊了。

我們圍著桌子坐下。喜江女士泡了紅茶，但片淵小姐並沒有喝，只低著頭沉默不語。讓人坐立難安的沉默持續著。我心想得設法說點什麼……就在此時，喜江女士開口了。

喜江　上次柚希來過之後，我就一直在煩惱。是不是該把一切都告訴她。但是我始終沒辦法下定決心。

——喜江女士望向電視櫃上的照片。

喜江 以前我答應過爸爸和姊姊，「什麼都不要告訴柚希。」

——片淵小姐似乎想說什麼，但可能是因為緊張，說不出話來。她喝了一口紅茶，才勉強發出沙啞的聲音。

片淵 這是說……那棟房子的事情嗎？

喜江 ……妳知道啊？是的。這件事本來真的不想跟柚希說。至少讓柚希不要接觸到這一切。但是，情況改變了。

——喜江女士把一只信封放在桌上。

收件人是喜江女士。寄件人是「片淵慶太」。

片淵　慶太先生……是姊姊的丈夫吧？

喜江　對。這是昨天寄到的。

——片淵小姐拿起信封，裡面有好幾張字寫得整整齊齊的信紙。

片淵喜江女士敬啟：

突然給您來信，真是失禮了。我名叫片淵慶太。

七年前，我和喜江女士您的女兒，綾乃小姐結了婚。因為各種原因這麼晚才跟您報告，實在是有不得已的苦衷。

這次之所以冒昧寫信來，是有事情想要拜託您。我和綾乃小姐現在處境非常艱難。無論如何都需要喜江女士幫忙。我知道現在來拜託您實在是厚著臉皮，但要是您能幫忙就太好了。

為了說明我們現在的處境，就得將事情從頭說起。可能有點冗長，還請您原諒。

我和綾乃小姐是在二〇〇九年認識的。

當時我就讀於〇〇縣的高中。我的高中生活並不愉快，我在班上是被霸凌的對象。

一開始只是大家無視我，把我的東西藏起來之類的惡作劇。但隨著日子過去越來越嚴重。有天早上我到了學校，書桌被水浸濕了。我惶然失措，忍耐著周圍取笑我的視線，悲慘地一個人擦著書桌。就在這個時候，有一位同學拿著毛巾來幫我的忙。那就是綾乃小姐。

綾乃小姐很沉靜，並不是積極和人社交的類型。但她個性溫柔，有正義感，內心十分堅強。

在那之後，綾乃小姐也幫過我好多次。我也想幫上綾乃小姐的忙，努力用功讀書，在考試前幫她補習她不擅長的科目。

我們在高中二年級的春天開始交往。是我先告白的。綾乃小姐答應和我交往，讓我非常的高興，有好幾天都處於飄飄然的狀態。

——「〇〇縣」就是片淵小姐祖父母老家所在的縣份。果然如栗原先生的推理，綾乃小姐是被帶到老家去了吧。

但是就算這樣，既然能上高中，就表示生活有一定的自由度。然後還在學校和被霸凌的男孩子談戀愛，後來還結婚了。

聽起來是比想像中溫馨的故事。但是，接下來信上的敘述就開始令人不安了。

然而，開始交往之後，就發現綾乃小姐有許多讓人難以理解的地方。綾乃小姐只要一放學，就搭上來迎接她的車子回家。在第二天早上來上學之前，完全無法聯絡。不只如此，家人、出生地、現在的住所，什麼都不肯跟我說。她態度與其說是漠然，反而讓人感覺是心中有巨大的陰影一般。

一直到快要畢業的那年冬天，她才終於跟我坦白。

綾乃小姐在空教室的角落，要我答應「絕對不跟任何人說」，然後告訴我關於「左手供養」的事情。

片淵　咦……左手……供養？

喜江　……這就是讓我們家族陷入混亂的元兇。

——喜江女士站起來走進隔壁房間，抱著一個小保險箱回來。打開之後傳出一股霉味。裡面是很多褪色的紙。看起來是很久以前的東西了。上面寫著很多字，但是寫得很潦草，我看不懂。

喜江　已經超過三十年了吧。在結婚之前，我去妳爸爸的老家問候過。那個時候，公公讓我看了這個，同時告訴我「左手供養」是怎麼回事。真的很噁心的故事。我覺得跟兒子的未婚妻說這些話十分不可思議，但當時我很年輕，並沒有多想。但是，後來我就明白了。這是束縛了片淵家幾十年，跟詛咒一樣的陋習。

以下整理了喜江女士講述的內容中，能夠出版公開的部分。

兄弟

以前片淵家以〇〇縣為據點，經營多種事業，累積了龐大的財富。其中貢獻最大的是明治三十二年到大正四年間的家主，片淵嘉永這位人物。

嘉永性格豪放，經營手腕高明，大幅擴張了事業規模。然而在他五十歲的時候，舊病惡化，於是退下了一線，將位子讓給兒子。

嘉永有三個孩子：宗一郎、千鶴和清吉。

長男宗一郎跟父親不像，性格內向。他和妹妹千鶴感情很好，長大了仍舊在一起玩耍，有點與眾不同的青年。小兒子清吉則和他相反，是個活潑又能文善武的好青年。從小就很穩重，也有吸引人的向心力，無論在誰看來，都是清吉比較適合繼承片淵家。

然而，嘉永選擇的繼承人是長男宗一郎。理由是清吉的出身。

其實，清吉不是正妻的兒子，而是片淵家雇用的女傭生的。也就是「側室的兒子」。據說嘉永是考慮到面子問題，遲疑是否該讓側室的兒子繼承家業。只不過嘉永自己也知道

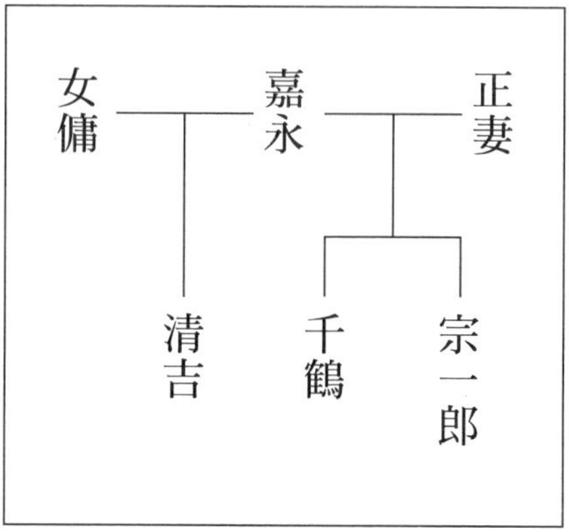

宗一郎不適合經營。他應該是想讓清吉掌握實權，宗一郎坐個當家的虛位吧。

然而，事情並不如嘉永所願。

清吉拒絕當宗一郎的後盾，捨棄了本家自己獨立。清吉的感受也不是不能理解。親生父親等於是說了「因為你是女傭的兒子所以不能讓你繼承家業」。他一定很不甘心吧。

清吉離開了片淵家，自己創業。搭上第一次世界大戰後經濟成長的順風車，幾年之內事業就迅速成長。在事業蓬勃發展的時候，清吉年僅二十二歲就結婚了。立刻就有了孩子。就這樣，以清吉為家主的「片淵分家」就誕生了。

在另一方面，片淵「本家」以輔佐宗一郎的形式，還是由嘉永當家。話雖如此，宗一郎並不滿足於躲在父親的庇護下。他看著日漸衰弱的父親，自知總有一天自己必須獨自統率片淵家，據說每天都非常努力地學習處理事務。看著宗一郎努力，嘉永也十分欣慰覺得後繼有人。

然而，嘉永還有一件擔心的事。那就是宗一郎的婚姻問題。

宗一郎很晚熟，過了二十四歲，還沒有跟女性發生過關係。這會影響到未來片淵家的繼承問題。於是嘉永逕自幫他相親。

嘉永替宗一郎選擇的結婚對象是在家裡幫傭，名叫**高間潮**的女性。阿潮從十二歲起就在片淵家幫忙，打掃、做飯，以及其他的雜事都會做。嘉永很欣賞她認真工作的態度，她十六歲的時候，就讓她照顧宗一郎的起居。

過了三年，年齡相近，一直照顧宗一郎又熟知他個性的阿潮，被嘉永認定為適合擔任宗一郎之妻的女人。

阿潮

高間潮……當時十九歲。本來出身貧困，雙親很早就去世，同年輾轉寄住在親戚家，甚至得吃路邊的野草填飽肚子。到片淵家工作之後，也被其他僕人從早到晚任意驅使。

然後阿潮迎來了人生中最大的轉機。

跟家主宗一郎結婚。在此之前的生活完全改變。從「女傭」搖身一變成為「夫人」。想要的一切全部得到了。阿潮非常開心。

見證兩人結婚後數日，嘉永就安心地去世了。

成為宗一郎之妻的阿潮，每天過著夢幻般的日子。豪華的美食、美麗的衣裝，所有人都對自己低頭行禮；這對吃過無數苦頭的阿潮來說，是無法抗拒的愉快生活。

但是即便生活如此愜意，仍舊有一點美中不足。那就是丈夫宗一郎的態度。宗一郎對阿潮非常溫和有禮，但卻沒有把她當妻子對待。結婚之後，一次都沒有履行過夫妻義務。

某天晚上，阿潮半夜醒來，發現丈夫不在身邊。

過了快要一個小時，他才回來。

每天晚上都這樣，阿潮覺得奇怪，終於偷偷地跟蹤了宗一郎。

宗一郎去的是妹妹千鶴的房間。

危機

剛好在這個時候，陰影籠罩了片淵全家。

片淵家的事業，是靠嘉永的獨裁領導發展壯大的。宗一郎雖然努力，但卻遠遠及不上父親。優秀的人才紛紛離去，業績日漸惡化。幾年之後，發生了雪上加霜的大事。

千鶴懷了宗一郎的孩子。

片淵家陷入一團混亂。「家主跟親妹妹通姦」這種事要是傳出去，片淵家就名譽掃地了。所有人都努力遮掩這個事實。

然而，卻有某個人偶然聽說了這個消息。正是宗一郎的弟弟**清吉**。

清吉採取了意料之外的行動。他回到片淵家，在所有人面前斥責宗一郎。

「跟妹妹做出這種不仁不義的蠢貨，不能夠把片淵家交到他手裡。宗一郎本來就沒有當家主的器量。」他堂而皇之地演說了一番。已經獨立出去的分家，回到本家來辱罵家主，這在當時的價值觀下是難以想像的無禮行為。

然而，對宗一郎的惡行不滿的家人之中，同意清吉者似乎不在少數。

清吉掌握了片淵家的弱點，之後軟硬兼施地交涉，逐漸收買了本家的人，讓他們都去了分家。宗一郎完全無力抗拒，片淵本家的財產和事業的經營權等等，都被分家奪去了。

本家只留下宅邸、土地和少數的財產，以及為數不多的幫傭。這對清吉而言，算是報了被片淵家和兄長侮辱之仇。

這次騷動最大的受害者，應該是宗一郎的妻子阿潮。好不容易才得到的夢幻生活，突然之間又變成了貧困的日子。她身為宗一郎的妻子，自然不可能搬到分家去。

阿潮在沒落的山間宅邸，跟不愛自己的丈夫和懷著丈夫孩子的小姑三個人同住，過著地獄一般的生活，精神逐漸崩壞。

最初發現的是服侍她的女傭。叫她也沒有反應，但卻突然像小孩一樣任性。本來是個非常穩重的人，所以這樣的變化讓人感到十分怪異。

到了最後，一整天呆呆地望著虛空，有時候會突然大哭起來，做出抓傷自己之類無法理解的行動。

宗一郎可能是有罪惡感吧，他無微不至地照顧著阿潮。然而他的善意之舉卻導致了悲劇。

有一天，阿潮說：「想吃柿子。」

宗一郎拿著柿子去阿潮的房間，用刀子切開。阿潮吃了幾塊就不吃了，宗一郎把剩下的柿子放在她枕頭邊。他沒注意到自己把刀子也留下了。

十幾分鐘後，宗一郎察覺有點不對勁，趕回阿潮的房間。然而，已經太遲了。

宗一郎看見阿潮渾身是血地躺在房間中央，榻榻米上印著許多血紅的手印。

阿潮用刀子割自己的左手，然後用滿是血的左手不斷敲打榻榻米。皮開肉綻，骨頭也斷了，左手掌只剩下一層皮連著手腕。

這是自殺，還是自殘行為惡化，沒有人知道。但是宗一郎認為是自己把阿潮逼死的，大受驚嚇。

雙胞胎

阿潮死後幾個月，千鶴生下了雙胞胎男孩。

宗一郎非常震驚。第一個孩子沒有任何毛病，然而第二個孩子沒有左手。這實在是非常駭人的偶然。

現在我們都知道近親通婚會導致遺傳上的先天缺陷，生下來的孩子會有天生的殘缺。事實上，片淵家以前也出現過好幾個有同樣缺陷的族人。

但是缺乏知識的宗一郎，只聯想到切斷左手死去的阿潮，認定了這是阿潮的詛咒。

宗一郎和千鶴，帶著孩子們到各處的神社和佛壇驅魔。

在某座寺廟僧侶的建議下，取了佛教裡帶有驅魔含意的「麻」和「桃」兩個字，將兩個孩子命名為「麻太」和「桃太」。

蘭鏡

麻太和桃太三歲的時候，有一位女性來到片淵家。是一個自稱**蘭鏡**的謎一般的女巫。蘭鏡進入宅邸，就說「這個家裡充滿了女性的怨念。以前尊夫人是在這裡去世的吧」，她這麼對宗一郎說。

宗一郎分明什麼都沒有說，蘭鏡卻說中了阿潮的事情，讓他深信她有天眼通，對她深信不疑，就把之前發生的事情全部告訴了她。

蘭鏡聽完之後說道：

「潮夫人怨恨的並非您夫妻二人。她恨的是奪取了她一切的令弟清吉，這份怨念影響了桃太。要是沒辦法對清吉先生報仇，那這個詛咒最後會害死桃太。」

蘭鏡把解除阿潮詛咒的方法傳授給宗一郎。簡述如下：

- 把桃太關在沒有陽光的房間裡。
- 在離宅邸有段距離的地方建造一棟小屋，把阿潮的佛壇安置在那裡。

- 桃太滿十歲的時候，讓他殺了清吉的孩子。
- 把左手切下來，供奉在佛壇。
- 桃太的哥哥麻太當「監護人」，負責輔佐桃太。
- 在桃太十三歲之前，每年都要這麼做。

蘭鏡將這個儀式命名為「左手供養」。宗一郎害怕阿潮的詛咒，就依照蘭鏡的指示，開始準備儀式。

——說到這裡我打斷了喜江女士的話。我有疑問。雖然打斷她很失禮，但無法解釋的點實在太多了。

筆者　對不起。這個叫做蘭鏡的到底是什麼人啊？說要建造小屋，還要殺掉清吉的小孩，怎麼想都覺得很奇怪。

喜江　您說得沒錯。我也覺得應該有什麼內幕。以前我用某種方法調查過蘭鏡，然後有了意外的發現。其實，蘭鏡是**清吉的外戚**。

筆者　咦？

片淵分家

喜江 清吉很好色，二十來歲就已經有了五房妻室。蘭鏡是第二夫人志津子的妹妹。當然「蘭鏡」是假名，本名叫做美也子。

筆者 這麼說來……蘭鏡是清吉的小姨子。為什麼小姨子想要殺掉**姊夫**的孩子呢？

喜江 很可能是因為繼承問題。當時，清吉有六個孩子，但其中三人年紀輕輕就死了。死亡的是第一夫人生的**長男**，和第三夫人生的**三男**跟**四男**。所以結果清吉的繼承人是第二夫人志津子生的次男。

筆者 這樣說來……第二夫人為了讓自己的孩子繼承家業所以……

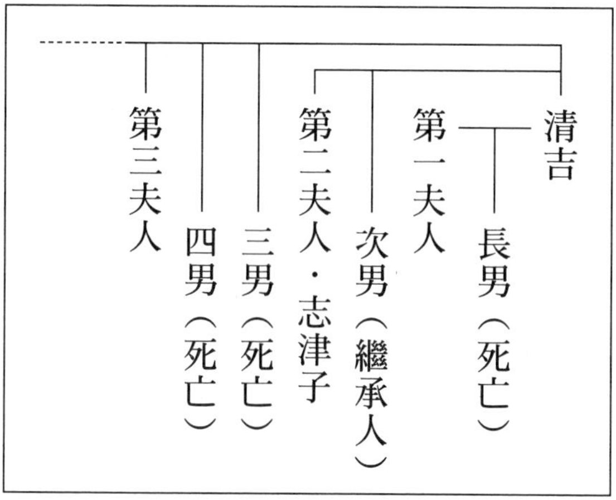

清吉有五位妻室。很容易想像「一定要讓自己的孩子當上繼承人」這個念頭，一定讓各房妻室之間明爭暗鬥。

其他妻室的孩子全部都是競爭者。第二夫人志津子在愛子之心的驅使下，計畫殺害其他競爭者。然而，她不可能直接下手。

於是她盯上了片淵本家。讓妹妹美也子裝成女巫，潛入本家，擾亂懼怕阿潮的詛咒，心神不寧的宗一郎，借刀在那棟小屋的秘密房間裡，殺害跟自己孩子年紀相近，麻煩的長男、三男和四男。

筆者　也就是說，那個時候，本家和分家的聯繫還沒有完全斷絕。

喜江　應該是吧。本家能在宅邸附近蓋小屋，應該是透過志津子，從分家那裡獲得資金吧。

筆者　原來如此……

——但是，即便如此還是有不明白的地方。

筆者　志津子和蘭鏡為什麼不讓宗一郎，而要讓小孩子……桃太和麻太殺人呢？

喜江　這只是我的想像而已，但可能是志津子為了自保吧。

筆者　您是什麼意思？

喜江　要是讓宗一郎自己殺人的話，他可能因為罪惡感而去自首。這樣的話，志津子的計策就暴露了。但是要是讓小孩殺人的話，宗一郎為了保護自己的孩子，就會隱瞞事實。她可能是這麼想的吧。

筆者　也就是封口的策略。

喜江　但是實際到底如何並不清楚。

筆者　在那之後兩家的關係怎麼樣了？

喜江　那就不知道了。分家或許可能察覺到本家的動靜，斷絕了往來也說不定。在那之後太平洋戰爭爆發，分家的事業被空襲摧毀，戰後並沒有復興，清吉的孩子們據說分散到全國各地。只不過，本家因為在山腰上，幾乎沒有受到空襲，小屋也存留了下來。**竟然存留了下來……**這麼說可能比較好吧。

筆者　是說「左手供養」的儀式就由後代繼承了嗎？

喜江　是的。宗一郎到最後也沒發現這是志津子的陰謀，一直深信著蘭鏡的指示。

——喜江女士拿起剛才的信，繼續讀道：

左手供養

一　片淵家產下無左手之子時，必育於暗室之內。

二　無左手之子年滿十歲該年，必除清吉血緣者，斷其左手。

三　斷手得供奉於潮之佛壇。

四　無左手之子必由兄姊監護，若無兄姊，則擇其親緣中年齡相仿者任之。

五　此儀式於無左手之子滿十三歲前，每年必行。

用現代的白話來說，就是：

一　片淵家在有缺少左手的孩子出生時，必須將其養育在不見陽光的暗室裡。

二　沒有左手的孩子滿十歲那年，必須殺害繼承清吉血脈的人，切下那人的左手。
三　切下的左手，必須供奉在阿潮的佛壇上。
四　沒有左手的孩子必須由哥哥或姊姊當監護人，要是沒有的話，就在親戚中選擇年齡相近的當監護人。
五　這個儀式在沒有左手的孩子滿十三歲以前，必須一年進行一次。

喜江　宗一郎把蘭鏡列的五條規矩當成片淵家的家訓，要求子孫嚴格遵守執行。

筆者　子孫指的是麻太和桃太嗎？

喜江　這兩個人是，但其實宗一郎和千鶴還有另外一個孩子。叫做重治。

片淵　咦？！

——一直默不作聲的片淵小姐驚叫出聲。

片淵　「重治」，難道是……

喜江　對，就是柚希的祖父。

重治　——片淵小姐的祖父住在那棟房子裡，從小就直接接受了宗一郎關於「左手供養」的教育。

喜江　麻太和桃太年紀輕輕就死了，結果是由三男重治繼承了片淵家。只不過，自從桃太之後，片淵家並沒有缺少左手的孩子出生，儀式也就沒有舉行過。然而卻在八十年之後，也就是二〇〇六年……這個孩子出生了。就是我的妯娌，美咲小姐的孩子。

片淵　美咲伯母……那麼難道……是那個時候懷的孩子……

喜江　是的。懷孕四個月產檢的時候，發現胎兒沒有左手。

筆者　還沒出生就知道了啊。

喜江　其實這件事美咲小姐跟我商量過。有天晚上她打電話給我。從電話裡都聽得出她非常慌亂。她說：「喜江小姐，怎麼辦，我肚子裡的孩子沒有左手啊。」

我當然知道這是什麼意思。但是那個時候，我並不真的認為會有人要舉行「左手供養」這種儀式。所以我跟她說：「別擔心，公公婆婆不會真的要遵守家訓的。」然而美咲小姐非常急切地說：「喜江小姐什麼都不知道。那些人不是這樣的。」她生起氣來。現在我明白美咲小姐的意思了。

後來我聽說，跟我打過電話之後第二天，美咲小姐就被公公婆婆監禁起來了。

筆者　監禁？！

喜江　是的。一個月之後才放出來。也就是懷孕第二十二週。二十二週就是沒辦法墮胎的時候了。

筆者　為了不讓美咲女士墮胎以逃避儀式……

喜江　是的。知道這件事的時候，我嚇得要命。原來公公婆婆是認真的啊。尤其是從小就受到宗一郎嚴格教育的公公，特別相信阿潮的詛咒……

筆者　確實俗話說「三歲看大，七歲看老」，但是這種不合常理的事情竟然能夠幾十年深信不疑，實在有點不正常。

喜江　其實這是有理由的。片淵家除了宅邸之外，還擁有廣大的土地，戰後經濟復甦，地價高漲，創造出龐大的收入。因此公公不用出去工作，一輩子大半時間都待在家裡，人際關係也非常有限。接受片淵家資金援助的親戚朋友，沒有任何人忤逆過公公，所以他也沒有什麼機緣改變自己的想法吧。

筆者 原來如此。

喜江 就這樣美咲小姐只能把孩子生下來。美咲小姐有一個叫做洋一的長男，本來應該由他擔任監護人的，但是那年八月，洋一出意外死了。

片淵 媽媽，小洋的意外，妳覺得是怎麼回事？

——片淵小姐毫不避諱地直接問道。喜江小姐稍微想了一下才回答。

喜江 小洋死之前的一個月，妳爸爸跟我說過：「喜江妳的外祖母，娘家是姓『片淵』吧。」我們結婚之後我跟他提過一次，妳爸爸還記得。然後就說：「保險起見，還是調查一下族譜的好。」我一開始不知道他說這話是什麼意思。但是，調查了戶籍之後，就明白了。其實我的外祖母，本名片淵彌生，是清吉第七個孩子。

片淵 咦？！

喜江　最初我也難以置信。但是不管怎麼查，結果都一樣。我有片淵分家的血脈。也就是說，我是「左手供養」被害者的候補。我的孩子們，妳和姊姊也一樣。妳爸爸很擔心。他害怕我們將來會成為「左手供養」被害的對象。

片淵　是說小洋他們可能會設計殺害我們？

喜江　雖然可能性很小，但並是完全沒有。妳爸爸說：「交給我吧。」後來我才明白他的意思。

片淵　之後我盤問過妳爸爸，他哭著跟我坦白，說：「這是為了保護我們一家人。」這太奇怪了……殺了小洋，讓姊姊去犯罪，這叫做「保護我們一家人」嗎……

喜江　妳爸爸應該也明白的。他每天都說：「是我糊塗了。為什麼做這種事啊。」總是這樣喃喃自語。當然，無論怎麼後悔，妳爸爸做的事情都是不可原諒的。總還有很多其他的方法。但是呢，現在回想起來，妳爸爸自己可能也被片淵家的教育扭曲了吧。

妳爸爸從小就接受了妳祖父關於「左手供養」的教育，生生培養出扭曲的價值觀，但是他仍舊極力想辦法保護我們一家人。我沒有跟妳說過，但妳爸爸出車禍的那天，並沒有喝酒。他是最後被罪惡感壓垮而自殺的。從某方面來說，是很悲慘的人生。

——喜江女士嘆了一口氣。這個時候，片淵小姐小聲地開了口。

片淵 為什麼交給他們？

喜江 ……

片淵 為什麼把姊姊交給那些人？直接拒絕就好了啊。

喜江 ……他們威脅我們……妳祖父。不是口頭上威脅而已。這些人為了遵守家訓，甚至能把美咲小姐監禁起來。為了不讓他們加害綾乃和柚希妳，還是乖乖把綾乃交給他們比較安全。我們是這麼想的。

片淵 ……但是……難道不能逃跑嗎？要不然就去報警啊。

喜江 我當然有這個打算。但是那需要時間準備。所以先把姊姊交給他們，然後花時間計畫如何救她回來。但是，我們太天真了。他們一直監視著我們。妳爸爸去世之後，有個男人到我們家來對不對？那個叫做清次的人。我跟柚希說是我再婚的對象，其實不是的。那個人是婆婆的外甥。「家裡沒男人養家很辛苦吧，我來照顧妳們。」他雖然這麼說，其實是監視我，防備我會不會採取什麼行動。片淵家就是這樣的家族。

片淵 ……

喜江 到頭來，這一切都只是藉口。結果確實是我們拋棄了綾乃。

片淵 ……為什麼不是我？

喜江 咦？

片淵 「親戚中選擇年齡相近的」人，那我也是可以的啊？為什麼選了姊姊？

喜江 ……那是我們夫妻倆拚命拒絕的。當時柚希妳才十歲，年紀還小，要是被洗了腦，可能會被片淵家的價值觀污染。而姊姊當時十二歲，已經是明白事理的小大人了。我們覺得應該不會對她的人格造成太大的影響。我不能斷言這是正確的判斷。但是妳姊姊確實沒有變。她每個月都會寫信來呢。

片淵 咦？

喜江 當然，公公婆婆都會檢查，信裡都是沒什麼大不了的內容。但是，信裡總是寫著擔心家裡的人。她特別在意柚希。「不想讓柚希擔心。所以希望你們什麼都不要說。不要讓柚希知道，讓她忘了我，自由地生活吧。」妳姊姊信裡每次都這麼說。

片淵　……我完全不知道。

喜江　妳爸爸也一樣。他總是說：「什麼都不要告訴柚希。」姊姊和爸爸，我們全家人，都希望柚希幸福。

片淵　所以……才一直都沒有跟我說？

喜江　對。但是，我沒有自信能瞞得過妳。就算嘴裡不說，一起生活的話，一定會有破綻。所以我才和妳保持距離，故意讓妳討厭我。真的對不起……

計畫

片淵　……這樣一來……姊姊現在也在讓美咲伯母的小孩……殺人……嗎？

喜江　到昨天之前，我也這麼以為。

片淵　咦？

喜江　繼續看信吧。

——片淵小姐遲疑地拿起信紙。

……告訴我關於「左手供養」的事情。我想這喜江女士您很清楚。那簡直匪夷所思，乍聽之下根本難以置信。然而，綾乃小姐一面哭一面說著，我實在不覺得她是在說謊。

「我在幾年以後，就會成為犯罪者。要是跟我扯上關係的話，你說不定也會惹上麻煩。所以我們分手吧。」綾乃小姐如此說。

我說：「根本沒必要遵守那種規矩，逃走不就好了嗎。」我說了很多次，但綾乃小姐只說：「沒辦法的。」綾乃小姐總是被監視、威脅，沒有辦法逃跑。

我一直思考有什麼方法能救綾乃小姐，最後想出了一個計畫。那個計畫非常簡陋也不確定，但除此之外，實在沒有守護綾乃小姐的方法了。

幾天後我把打工存的錢全部花光，買了一只現在想起來很便宜的戒指，跟綾乃小姐求婚。綾乃小姐十分困惑，這也不能怪她。我自己也覺得這樣求婚非常唐突。但是，在我考慮的計畫中，「結婚」無論如何都是必要的。

在那之後，我跟綾乃小姐說了自己的計畫，花了好幾個星期才說服她，終於讓她答應。

高中畢業之後，我們立刻就結婚了。我不顧雙親的反對，入贅了片淵家。也就是說，「我成為片淵家的一員，和綾乃小姐一起擔任『左手供養』的監護人。」

第一次去片淵家拜訪的時候，就先被帶到隱藏的房間。

那裡就跟綾乃小姐所說的一樣，關著一個男孩子。天生就沒有左手，因此背負著殘酷命運的孩子。他叫做桃彌。他母親美咲女士，生下桃彌之後就離家出走，他成了沒有雙親的孤兒。

桃彌跟同年齡的孩子體格差不多，但是膚色是不健康的慘白，彷彿毫無感情一般面無表情，顯然是在不正常的環境下長大的。

桃彌很聰明，雖然才六歲，但是口齒清晰有問有答，但卻從不主動做任何事情，也不表現出自己的情緒和需求。我以前在電視上看過被爸媽帶進新興宗教的小孩，我覺得桃彌看起來就很像那樣。片淵家剝奪了桃彌的人格。

那天晚上舉行了婚宴。參加的是綾乃小姐的祖父母——重治先生及文乃女士、我和綾乃小姐，然後是一個叫做清次的男人。

清次先生是文乃女士的外甥，也是重治先生最信任的手下。片淵家裡最照顧我的人就是他。當時他年近五十，膚色淺黑，雖然常笑，但卻給人一種奇妙的壓迫感。

宴會結束之後，我清楚地記得他輕聲跟我說：「你也辛苦了，希望你好好努力。桃彌是個可憐的孩子，盡量照顧他吧。」

過了幾年，在桃彌十歲之前，我都住在片淵家，接受監護人的教育。為了取得片淵家人的信任，我盡量聽從他們的指導，做出已經完全信服的樣子。

然後在儀式即將開始的前一年，我的計畫啟動了。

首先，我跟重治先生說：「請讓我蓋一棟自己的房子。」「左手供養」的第五條並沒有規定殺人的場所必須在什麼地方。也就是說，我們夫婦倆帶著桃彌獨立，在自己家裡讓桃彌殺人，然後把左手交給片淵家，也算完成了儀式。

重治先生一開始面有難色，但清次先生居間為我說話，於是重治先生答應了，只不過有條件。

條件是以下兩條：

- 新家的格局，必須由片淵家主導決定。
- 清次先生負責監視我們。

我們接受了這些條件，得以出去獨立生活。新家建在當時清次先生居住的埼玉縣。

在離開片淵家之前，重治先生給了我一份名單。

那上面有一百多人的姓名和住址。他告訴我這全部都是片淵分家的子孫。也就是說，「從這裡面選擇殺害的對象」。

這些到底是怎麼調查出來的，我再度體認到片淵家有多可怕。

我們在二〇一六年六月搬到埼玉的新家居住。「左手供養」要在九月舉行。要是遵守片淵家的規矩，三個月後就必須殺人。但是，我們並不打算遵守規定。我們打算欺騙片淵家進行「左手供養」，不殺任何人，也不傷害任何人。

我先調查了名單上所有人的現況。然後選了住在群馬縣公寓的T先生。T先生當時二十來歲，是自由業者，根據鄰居所說，似乎跟高利貸之類的消費金融借了錢。

我去T先生常去的居酒屋，裝作不經意地接近他。多次偶遇之後，他漸漸開始跟我說心裡話了。

然後在一起喝了好多次酒之後，T先生說：「我欠了快兩百萬日圓的債務，打工的收入連利息都付不出來，真是煩惱。」我就等著他這麼說。

我告訴T先生：「我替你還債，再給你五十萬，你只要照著我說的話去做就可以了。」

當然，一開始他以為我在開玩笑，根本不理我。但在我跟他交涉好幾次之後，他終於答應了。

「雖然很可疑，但要是有機會改變現在的生活，那我就賭一把，相信你吧。」他如是說道。

接下來我開始「尋找屍體」。這個計畫一定需要「屍體」才行。

我一開始去了青木原的樹海。「只要去樹海，一定能發現自殺的屍體吧。」我想得太簡單了。然而事情並沒我想的這麼容易。雖然有各種前人遺留下來的物品，但是並沒有屍體。我垂頭喪氣地回家。

當時離「左手供養」只剩下一週的時間。要是找不到屍體，我的計畫就完蛋了。

我非常焦急，就在不知如何是好的時候，偶然聽到了一個消息。鄰鎮的自治會會長，單身的宮江恭一先生，一直缺席沒有參加聚會，也聯絡不到人。我聽說的時候，感到無法言喻的忐忑不安。

我打聽到宮江先生的住址，去他家找他。按門鈴也沒有人回應，我試著開門，發現竟然沒有上鎖。雖然覺得不好意思，我還是擅自開門進去，看見了一個男人倒在地上。

他的身體已經冷了，地上散落著藥丸。很可能是某種舊病復發，他想吃藥，卻沒來得及。簡直像是惡魔設計的偶然一般。

那天晚上，我開車到宮江先生家，把他的屍體運回家。我一面開車，一面心想「這是什麼罪名呢」？要是被人發現的話，絕對不可能平安無事的。但是，我沒有其他的選擇了。到家之後，我把宮江先生遺體的左手切下來，放進冷凍庫裡。

一星期之後，「左手供養」當天早上，我開車去接T先生，在這期間我拜託綾乃小姐做飯。把T先生帶回家時，看見家門前停著眼熟的車子。是清次先生的車。算我走運吧，清次先生說：「我在外面把風，就不進去了。」

我在客廳請T先生吃飯喝酒，過了一會兒帶他去浴室。T先生依照我之前所說，暫時藏身在浴室裡。

我將事前準備好的宮江恭一先生的左手放在盒子裡，交給在外面把風的清次先生。清次先生在車裡檢查了盒子裡的東西，就這樣開車回片淵家，將左手供奉在佛壇上。

送走清次先生之後，我讓T先生坐上車，開到車站對他說：「您盡量走得越遠越好，至少半年之內不要回來。」也就是說，從這天開始，T先生就「下落不明」了。

過了一陣子，我一直擔心這次的行跡會暴露，但幾天之後聽清次先生說：「儀式順利完成了。」我這輩子沒這麼如釋重負過。就這樣我們不用殺人，完成了一次「左手供養」。

即便如此，我也沒有什麼成就感，更不覺得高興。

雖然沒有殺人，但我做的事情確實是犯罪。宮江恭一先生的親人不知道他去世了，應該還在繼續找尋他。這麼一想，我的罪惡感就越來越強烈。

更有甚者，同樣的事情還得再做三次。提防著警察跟片淵家找尋屍體的日子，精神壓力和痛苦比想像中大多了。綾乃小姐應該也是跟我一樣的。

然而在這樣的生活中，也仍舊有些許的安慰存在。那就是桃彌的成長。

我和綾乃小姐常去他的房間，教他讀書，和他一起玩遊戲，希望跟他多方交流溝通。「左手供養」結束之後，他就不需再被監禁，可以回到片淵家。那個時候，我們希望他能跟正常的小孩一樣生活，擁有人類的喜怒哀樂。

一起生活了半年之後，他開始有了變化。

一開始他只是跟機器一樣照我們說的話去做。漸漸地他會表現出「還想玩」、「想做這個」之類的意願。稱讚他他會不好意思地笑起來，遊戲打輸了也會不甘心；雖然花了不少時間，但終於可以感覺到他有了跟普通兒童一樣的感情。

我們獨立生活第二年的春天，生下了自己的孩子。是個叫做「浩人」的男孩。

在這種情況下要不要生孩子我們確實猶豫過，但跟桃彌一起生活之後，我們也想要自己的孩子了。

我們跟桃彌說過浩人出生了，但沒有讓他們見過面。他們倆的境遇差別太大，桃彌要是看見浩人，心裡一定不好受。所以在浩人出生後，我們仍舊特別注意，並沒有少去桃彌的房間陪他。

浩人出生後一年，清次先生因為工作的緣故，從埼玉搬到東京。我們也在片淵家的資金援助下，到東京去蓋了新房子。

搬到東京之後，我們的生活雖然稱不上幸福，但跟以前比起來，可以說是充滿了希望。除了必須進行的「左手供養」之外，我們就是個普通的家庭。浩人漸漸長大，桃彌也比以前感情豐富多了。

我們相信未來是光明的。

現在回想起來，我們真是太天真了。

不幸突如其來，從天而降。

今年七月某個晚上，半夜一點的時候，清次先生打電話來。他非常直接了當地說：「現在立刻帶著綾乃來我家。開車過來。」三更半夜地做什麼呢？我有些不好的預感。

在那之前，我和綾乃小姐從來沒有一起出門，只留孩子們在家過。雖然很擔心浩人跟桃彌，但他們當時都已經睡著了，離開一會兒應該沒關係吧。我們倆就出門了。

清次先生的家離我們家並不太遠，開車不到十分鐘。我們到了之後，清次先生面色不善地出來迎接，然後說了一句話：

「暴露了。」

我不知道他在說什麼。清次先生瞪著我們倆。

「我並不覺得『左手供養』這種事有什麼意義。什麼詛咒啊、怨靈啊，全部都是活人自己腦袋裡亂想出來的。但是重治叔父可不這麼想。那個人雖然成了老頭子，還跟小孩一樣害怕幽靈。所以只要是跟『左手供養』相關的事情，無論多少錢他都願意花。

我到現在仍舊拿著這件事的好處。我監視你們，從叔父那裡得到不少錢。對我而言只是一份工作而已。

就算不正當，只要不暴露就沒問題。

我知道你們用了各種方法準備屍體。不管是誰的手，只要能騙過叔父就好。所以我對你們一直睜一隻眼閉一隻眼，要是有需要，我也能給你們一兩百萬。我是打算到最後都『幫忙』你們的。只不過……暴露了。看這個。」

他遞給我的是埼玉縣的地方報紙。上面寫著：『發現左手被切斷的屍體』。宮江恭一先生的屍體被發現了。「叔父偶然看見了這則新聞。『左手被切斷』的敘述讓他察覺出不對勁，就讓別人去調查了。結果發現本來應該死於『左手供養』的候選人，全部都還活著。叔父把我叫去質問。當然我堅持自己什麼都不知道。結果叔父要我在一天之內把桃彌帶回去。看來他打算自己執行『左手供養了』。

我不知道你們倆會怎麼樣，但今天之內不把桃彌帶回去的話，我自己就危險了。現在立刻把桃彌交給我。我們出去吧。」

我們倆坐進清次先生車子的後座。

「現在就去你們家，到了之後立刻把桃彌帶出來。只要乖乖聽話，我不會動手的。但要是反抗的話……你們知道後果吧？」

那個時候，我才明白清次先生叫我們「開車來」是什麼意思。這樣回家之後，我們就沒辦法開車帶著桃彌逃走。

要是把桃彌交給片淵家，那一定會被逼著殺人。

我們倆沉默地低著頭，清次先生反倒輕快地說：

「桃彌是個可憐的孩子。但是他生來就是這個命。雖然很可憐，但也沒辦法。……好了，到了。給你們十分鐘。十分鐘之內回來。」

我們心情沉重地下了車。不經意地抬頭一看，發現二樓的窗戶是亮著的。離開家的時候，我們分明把燈都關了的。我們心想可能是浩人醒了，便朝二樓寢室走去。

走進房間，看見了意想不到的景象。桃彌竟然坐在浩人的床上。我突然有了一個想法。

桃彌的房間是從外面鎖住的。然而並不是沒有辦法出去。我們家的設計是為了欺騙片淵家而建造的，兒童房可以通往浴室。只要經過密道，就能離開房間。

密道用櫃子擋著，但桃彌有可能發現了也說不定。然後趁我們不在的時候，從密道出來要對浩人不利。

我嚇得魂飛魄散。

但是趕到床邊，事情卻跟我想的不一樣。

浩人的額頭上放著疊好的濕巾，我看出那是桃彌房間裡的毛巾。

我終於明白是怎麼回事了。

浩人有時候會突然發高燒。我們離開家之後，浩人發起燒來。桃彌聽到浩人哭，發現有點不對，就從房裡出來看他，然後用單手擰了毛巾，照顧著浩人。

問了桃彌之後，才知道他早就發現密道存在，偶爾會半夜過來看浩人。

我對於自己竟然一瞬間懷疑過桃彌感到非常後悔。更後悔害怕片淵家的監視，而一直把他關在一個小房間裡，過著不見天日的日子。

他不應該被人這樣對待。我不停地跟桃彌道歉，綾乃小姐也流下了眼淚。

這個時候走廊上傳來響亮的腳步聲，清次先生走進房間。

他用焦急的聲音說：「喂，搞什麼啊讓我等那麼久。」然後就強行抱起桃彌走了出去。要是這樣讓他們走了，就再也見不到桃彌了……我有這種感覺。他會揹著殺人犯的罪名過一輩子。不僅如此，「左手供養」結束之後，片淵家會不會留他一條命都很難說。

已經沒有時間考慮了。我決定用自己的人生為代價，給這一切劃下句點。

抱歉讓您讀了這麼冗長的信。現在綾乃小姐、浩人跟桃彌都住在〇〇區的公寓，〇〇的〇號房。

我已經沒有辦法再保護家人了。綾乃小姐在附近的超市打工，但光是那樣應該沒辦法過活的。

請容我厚著臉皮請求您，今後能支援他們三個人的生活嗎？麻煩您了。

片淵慶太　敬上

喜江女士拿起沙發上的報紙，「你們都還沒看到吧？」她把報紙攤在我們面前。十月二十五日，晚報。應該是剛剛送到的。

「男子殺害姻親被捕」

二十五日，警視廳〇〇署以涉嫌殺人罪名逮捕了東京都〇〇區，職業不明的嫌犯片淵慶太。嫌犯片淵涉嫌在今年七月殺害了義祖父片淵重治先生和重治先生的外甥森垣清次先生，並遺棄屍體之後，到〇〇署自首——

片淵　那麼慶太先生……

喜江　嗯……現在正在接受警方調查的樣子

片淵　怎麼這樣……為什麼……竟然殺人……

喜江　是啊。真的……我也這麼想。但是，慶太先生獻出了自己的人生，守護綾乃他們。我覺得這是事實。

片淵　雖然可能是這樣沒錯……但是殺人是重罪啊……

喜江　應該是吧……。但是，我會盡量想辦法。去跟那邊的家庭談談，找律師想辦法減輕刑罰，把事情和盤托出。但是我還有想拜託柚希的事情。就是妳姊姊。

片淵　這麼說來，姊姊呢？她沒事吧？

喜江　沒事。剛才我跟她通過電話。她情緒很低落，但他們三個人都很健康。他們也都在信上寫的那間公寓裡。所以我想請柚希妳幫姊姊一把。經濟方面的問題媽媽會想辦法，請妳在精神層面支持他們。綾乃最想見到的就是柚希了。

——在那之後，片淵小姐和喜江女士一起去了綾乃小姐住的地方。她們也邀請我一起去，但我是外人，當然不方便，於是委婉地拒絕了。分手的時候，片淵小姐不斷地低頭跟我道謝，讓我非常不好意思。

＊＊＊

警方調查結果，根據慶太先生和其他人的證詞，得到以下的結論：

片淵重治先生和森垣清次先生的遺體，在〇〇的山中被發現，那時候已經死亡三個月了。

片淵重治先生的妻子文乃女士，患有嚴重的老人失智症，在重治先生去世後，住進〇〇縣的養老院裡。

片淵美咲女士仍舊下落不明。〇〇縣的便利商店中曾有人見過疑似是她的人物。但無法證實身分，據說警方仍在繼續調查。

＊＊＊

久疏問候，我是片淵柚希。

之前真的承蒙您關照了。

我想將在那之後的情況跟您報告，所以寫了這封郵件。

我現在和姊姊、浩人以及桃彌一起住在媽媽的公寓裡。

媽媽好像很喜歡跟兩個孫兒住在一起，跟以前比起來開朗多了。

姊姊一面打工，一面進修想取得幼教師的資格。

接下來會如何，我們也不知道。

慶太的官司不知道什麼時候才能打完，心裡每天都十分難受。

但為了孩子們，我盡量保持微笑，努力愉快地生活著。

等有一天事情塵埃落定，我會再致函正式道謝。

也請替我跟栗原先生問好。

片淵柚希

日後，我到梅丘的公寓，跟栗原先生講述了一切的經過。

栗原 原來如此，是這樣啊。比我想像中還要複雜呢。結果我幾乎沒幫上任何忙呢。

筆者 哪裡的話。片淵小姐也非常感謝你。她說很多事情多虧了栗原先生才明白過來。

栗原 這樣啊。接下來的發展，我們這些外人就只能在一旁守護著了。

——栗原先生喝了口咖啡，呼出一口氣。

栗原 但是……還有一個人是誰呢？

筆者 什麼還有一個人……？

栗原 被殺的片淵家的孩子啊？蘭鏡讓桃太殺害了**三個小孩**。第一夫人生的長男，第三夫人生的三男和四男。

但是，「左手供養」的規定是小孩從十歲到滿十三歲時，每年都要舉行一次。十歲、十一歲、十二歲、十三歲。每年殺一個人。全部總共有四個小孩。應該還有最後一個被害者的。

筆者 唔……是不是中途放棄了呢？喜江女士也說過：「分家察覺到本家的動靜，就斷了聯繫。」

栗原 要是真的發現了的話，光是「斷了聯繫」就可以了嗎？而且宗一郎在儀式結束後，仍舊嚴格地教育小孩要遵守「左手供養」的規定。對儀式如此執著的人，會中途放棄嗎？

筆者 ……

栗原 我還是覺得，有第四個人被害。

筆者 但要是殺了四個小孩，清吉應該會知道吧。

栗原 清吉真的不知道嗎？

筆者 咦？

栗原 也有可能他知道並且默認。也就是所謂的「疏苗」。

——「疏苗」……為了不增加兒童的數量，墮胎或者是殺害嬰兒。日本一直到明治時期，都還有這種風俗

筆者　但是，疏苗這種行為，是貧困人家為了減少吃飯的嘴才做的事情不是嗎？我覺得清吉這樣的富豪完全沒有必要吧。

栗原　疏苗並不只限於貧困的人家。清吉有好幾位妻室。她們之間的權力鬥爭不斷。那已經是連清吉都無法控制的嚴重狀況了。清吉害怕自己會火上加油……反正也只是我的猜測而已。

筆者　……別想這些了吧。都已經是過去的事了。清吉早就死了，現在想這個也無濟於事。

栗原　或許是這樣也說不定。那我們就講講現代的情況吧。其實我一直有一個疑問。就是重治先生給慶太先生的名單。名單上有分家子孫一百多人的姓名住址。片淵本家是怎麼得到這些情報的呢？

筆者　這個……應該還是本家和分家仍舊有聯繫吧……

栗原　但是關係不是早就斷絕了嗎？要掌握戰後分散在全國各地，跟清吉有血緣關係的所有人的資料，幾乎是不可能的任務。

筆者　那麼到底是……

栗原　片淵本家有人提供情報吧？

筆者　意思是有內奸嗎？

栗原　是的。能夠調查分家所有子孫的人。那一定是分家內部的人。也就是說，片淵清吉的子孫有人提供情報給敵人，也就是片淵本家。

筆者　到底是誰會做這種事啊？

栗原　我能想到一個人。清吉的子孫，以前跟片淵本家有關係的人……就是喜江女士。

筆者　咦？！

栗原　她的外祖母，彌生女士，是清吉第七個孩子吧。

筆者　……是的。

栗原　那是不是能這樣推斷呢？當年「左手供養」第四個被害者，是彌生的兄弟。兄弟被害的彌生女士發誓要對片淵家報仇。彌生女士跟宗一郎一樣，對自己的子孫下了「詛咒」：「殺害片淵家的人」。這份詛咒超越了世代，託付給喜江女士。喜江女士嫁入片淵家，真的是偶然嗎？小洋的死、丈夫的車禍、慶太先生的反叛，是不是全都出自喜江女士的謀畫呢……？

——「不可能有這種事」……我想這麼說，但一瞬間卻遲疑了。栗原先生的推理簡直是異想天開。但是，喜江女士確實有些難以理解的地方。

喜江女士提到蘭鏡時的話。「——以前曾經用某種方法調查過蘭鏡——」……某種方法是什麼方法呢？

還有就是宗一郎寫下的五條「左手供養」規則。那對片淵家來說，應該是非常重要的東西吧。為什麼會在喜江女士手裡呢？

這麼說來……美咲女士在跟喜江女士通過電話的第二天，就被監禁了。第二天……這是偶然嗎？

更有甚者，重治先生看到埼玉的地方報紙，從而得知了宮江恭一先生之死。重治先生住在離埼玉那麼遠的地方，是怎麼偶然看到的呢……

各種令人不安的想法在我腦中盤旋不去。

話雖如此，喜江女士的人品，哭著跟女兒懺悔的樣子，實在不像是裝出來的。然而……

筆者　不會吧……不可能是這樣的。

栗原　也罷，這也只是我的「臆測」而已。不用介意。

栗原先生笑著這麼說，喝完了咖啡。他那沒有惡意肆無忌憚的態度，讓我略感挫折。

全書完

春日
ハルヒブンコ
文庫
141

詭屋

變な家

詭屋 / 雨穴作 ; 丁世佳譯. -- 初版. -- 臺北市 : 春天出版國際文化有限公司, 2023.11
面 ; 公分. -- (春日文庫 ; 141)
譯自 : 変な家
ISBN 978-957-741-583-7(平裝)

861.57　　111013532

ISBN 978-957-741-583-7
Printed in Taiwan

作　　者　雨穴
書腰設計　Kouichi Tsujinaka（Oeuf inc.）
譯　　者　丁世佳
總 編 輯　莊宜勳
主　　編　鍾靈

出 版 者　春天出版國際文化有限公司
地　　址　台北市大安區忠孝東路4段303號4樓之1
電　　話　02-7733-4070
傳　　眞　02-7733-4069
E － mail　bookspring@bookspring.com.tw
網　　址　http://www.bookspring.com.tw
部 落 格　http://blog.pixnet.net/bookspring
郵政帳號　19705538
戶　　名　春天出版國際文化有限公司
法律顧問　蕭顯忠律師事務所
出版日期　二〇二三年十一月初版
　　　　　二〇二四年八月初版三刷

定　　價　310元

總 經 銷　楨德圖書事業有限公司
地　　址　新北市新店區中興路二段196號8樓
電　　話　02-8919-3186
傳　　眞　02-8914-5524
香港總代理　一代匯集
地　　址　九龍旺角塘尾道64號 龍駒企業大廈10 B&D室
電　　話　852-2783-8102
傳　　眞　852-2396-0050